Die Seereisen eines Medikus

Dieses Buch ist meiner Schwester Emmi Flake gewidmet; ohne sie wäre es und vieles in meinem Leben nicht möglich gewesen …

Reinhard Stricker

Die Seereisen eines Medikus

Als Schiffsarzt
auf einem Traumschiff
und auf eigenem Kiel

Bibliografische Information der Deutschen Nationalbibliothek:
Die Deutsche Nationalbibliothek verzeichnet diese Publikation in der Deutschen Nationalbibliografie; detaillierte bibliografische Daten sind im Internet über < http://dnb.d-nb.de > abrufbar.

Satz, Umschlaggestaltung, Herstellung und Verlag: Books on Demand GmbH, Norderstedt
ISBN: 978-3-8334-7930-4

Inhalt

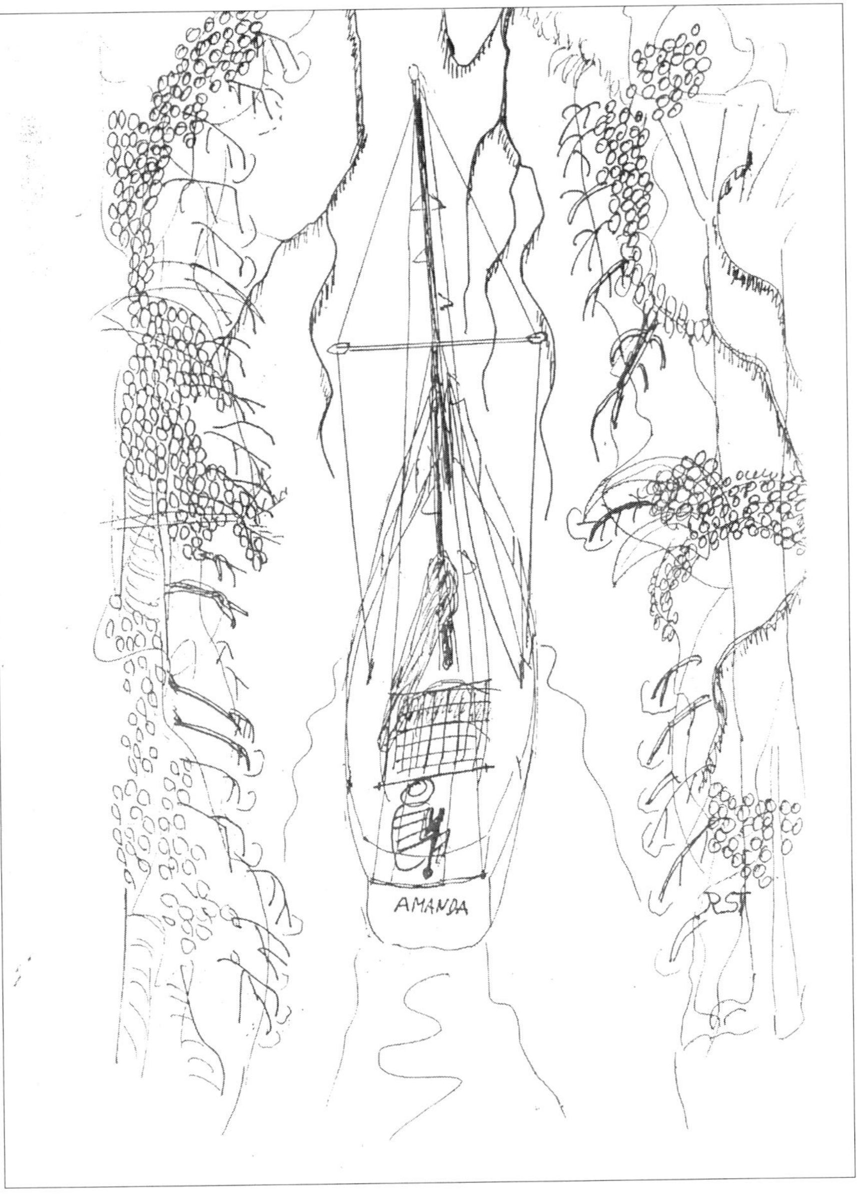
AMANDA
RST

1. Amanda

Rumms, ich werde aus der Koje geschleudert – ein harter Schlag hat das Boot getroffen! Ich stolpere ins Cockpit. Im fahlen Mondlicht sehe ich, dass der Mast noch steht. Das Boot nimmt wieder Fahrt auf. Es weht mit sechs bis sieben Beaufort, die Wellen sind nur etwa drei Meter hoch, lang gezogen und regelmäßig. Achteraus im Wasser entschwindet ein großer rechteckiger Schatten in der Dunkelheit! Das Ruder und die damit verbundene Windfahnen-Selbststeueranlage arbeiten tadellos. Weit und breit kein Schiff in Sicht, wie üblich jenseits der Schifffahrtslinien in der Mitte des Atlantiks. Ich springe wieder in die Kajüte des acht Meter langen Bootes und leuchte unter die Bodenbretter: Kein Wasser, kein Leck, ich kann mich wieder entspannen.

Mit dem Fernglas suche ich noch einmal die Kimm nach Lichtern ab, rufe über UKW: »Anybody around here?« – und das dreimal, wie ich es sonst in regelmäßigen Abständen mache, um Kollisionen zu vermeiden.

Ich bin allein unterwegs von Banjul the Gambia nach Barbados, ziemlich genau auf dem zwölften Breitengrad Nord. Sanft und stetig auf und ab, ohne größere seitliche Bewegungen, rauscht *Amanda* – eine modifizierte WIBO – von symmetrischen Passatsegeln gezogen die Wellen hinunter.

Beruhigt lege ich mich wieder schlafen. Ich habe Vertrauen zu *Amanda,* denn sie ist aus Stahl, recht schwer mit all der Ausrüstung und den Vorräten an Wasser, Proviant, Diesel sowie Ersatzteilen, doch deshalb hat sie angenehme Bewegungen im Seegang. Niemals ist eine größere Welle ins Cockpit geschwappt, noch immer konnte sie rechtzeitig das Heck anheben und die brechenden Wellenkämme hinunterrutschen. Warum der Name *Amanda*? Ich hatte nie eine Freundin oder Geliebte mit diesem Namen, einfach, weil er international besser verständlich ist als »Ick bin all doo« oder »Günn mi dat«, also ähnlich gut zu verstehen wie »Mayday«, aber das brauchte ich bisher – Gott sei Dank – nicht zu funken!

Am nächsten Morgen sitze ich auf meinem Lieblingsplatz, dem nachträglich angeschraubten Klüverbaum. Von hier aus kann ich gut sehen, wie die Segel stehen, und ich bin weit genug vorn, sodass mich die Gischt nicht nass spritzen kann. Der Wind hat nachgelassen, weht so ungefähr um vier Beaufort, wie meistens auf diesem Teil der Passatroute. Mein Blick fällt auf die Wasserlinie am Bug: Ein hässlicher, drei Meter langer Kratzer in der sonst so tadellosen weißen Farbe des Rumpfes! Ich beuge mich weiter zur Seite, sehe die Kette des Wasserstages, die eigentlich – von einer starken Nirostaspreize gehalten – straff gespannt sein müsste, im Wasser pendeln. Die v-förmige Spreize aus drei Zentimeter Stahlrohr ist total nach achtern gebogen.

Das ist noch kein Grund zur Sorge, denn der Klüverbaum aus Nirostastahl ist stark genug, auch ohne das Wasserstag. Aber das muss wirklich eine Masse aus Stahl, eben ein Container gewesen sein, der diese Beschädigungen bei dem Rammstoß verursacht hat! Manchmal passiert es wirklich, dass Containerschiffe im stürmischen Nordatlantik ein paar dieser großen Stahlkisten verlieren. (Haben Sie den Film »Der perfekte Sturm« gesehen?) Einige davon behalten positiven Auftrieb wegen der in Plastik eingeschweißten leichten Waren im Inneren. Wenn man berücksichtigt, dass die Strömung im Nordatlantik im Uhrzeigersinn läuft – Golfstrom, Kanarenstrom, Nordäquatorialstrom –, wundert es nicht, dass diese Dinger auch im südlichen Nordatlantik auftauchen können. Das war eine Begegnung der unheimlichen Art! Mal sehen, was sonst noch auf mich zukommt …

Etwa alle drei bis vier Tage geht eine Dorade an den Haken der nachgeschleppten Angel und trifft genau die Empfehlungen der Cholesterinexperten: Zweimal Fisch pro Woche. Obwohl ich »gelernter« Internist bin, kann ich nicht sagen, dass ich ein fanatischer Gesundheitsapostel wäre, aber ich liebe es, wenn alles auf natürliche Art und Weise zugeht.

Mit *Amanda* habe ich eine geheime Abmachung getroffen: Ich halte sie in bestem Zustand, dafür hält sie mich gesundheitlich fit. Aufentern zur Mastspitze ist kein Problem, die Maststufen machen es zu einem vertikalen Trimm-dich-Pfad. Von Zeit zu Zeit muss das Unterwasserschiff von Bewuchs gereinigt werden, wenn man länger am Ankerplatz bleibt und keine Wurzeln schlagen will. Auf den Kanarischen Inseln habe ich tatsächlich ein Boot gesehen, das durch üppige Vegetation mit dem Grund verbunden war; der Eigner fürchtete sich vor dem »Absprung über den Großen Teich«. Das Abschaben des Bewuchses vom Rumpf ist wirklich eine gute Übung für Lunge, Herz und Kreislauf, wenn man es ohne Tauchflaschen macht. Selbst wenn das Boot an Land steht, kann sich ein Trainingseffekt einstellen, weil man häufig hinein- oder herausklettern muss, um bestimmte Werkzeuge zu suchen.

Die Arbeit als Internist im Krankenhaus am Nord-Ostsee-Kanal war vielseitig und interessant, als normaler Mensch hätte ich das sicher bis zur Pensionierung weitergemacht. Ursprünglich hatte ich gedacht: Danach segle ich los! Aber mit der Zeit wurde mir klar, was alles bis dahin passieren könnte: Vielleicht würde ich krank werden, Invalide sein oder altersbedingt so domestiziert und unfähig, mich in Freiheit zurechtzufinden.

Also wurde *Amanda* mit Hilfe von Freunden umgebaut und für die große Reise ausgerüstet: Peter machte alle Niro-Schweißarbeiten so gut, dass sie heute noch bestaunt werden, er fertigte drei Nirotanks, den 1,80 Meter langen Klüverbaum und zusätzliche Klampen. Fritz gab mir das Werkstatthandbuch für den Bukh Diesel 20 PS und zeigte mir, wie ich ihn am Laufen halte. Richard, gelernter Bootsbauer, machte *Amanda* innen so gemütlich und bequem, dass ich – zunächst – nie das Verlangen nach einem größeren Boot hatte. »Junior« half mir, den werftseitig als Ballast eingelassenen Stahlschrott im Kiel gegen Blei auszutauschen. Wegen des Urlaubsplanes konnte ich nicht vor September mit der Arbeit im Krankenhaus aufhören, deshalb wählte ich die Binnenpassage zum Mittelmeer.

Eines Morgens, nachdem ich am Tag zuvor alles hinter mir gelassen hatte, dümpelte *Amanda* in einem Seitenarm der Elbe vor der Schleuse Otterndorf. Obwohl der Mast gelegt war, hatte ich doch meine Zweifel, ob das Boot dieses kleine Loch im Deich unbeschadet passieren würde. Das sollte jetzt also das Tor zur Welt für mich sein! Als es sich schließlich öffnete, passte *Amanda* knapp hindurch – wie durch einen engen Geburtskanal.

Auf der anderen Seite des Deiches krähte eine plattdeutsche Stimme: »Wo willst du denn jetzt noch hin?«

»Zum Mittelmeer!«, sagte ich stolz.

»Auf dem Weg zum Mittelmeer und dann keine Mittel mehr!«, lachte der Schleusenwärter, der damit ein fundamentales Problem des Langfahrtsegelns angesprochen hatte.

Zunächst allein, später mit Richard, fuhr ich über die Kanäle und Flüsse Norddeutschlands bis Duisburg. Jetzt kam die schwierigste Strecke: Den Rhein bergauf bis Koblenz zur Mosel, bis drei Knoten stroman, eine gute Gelegenheit, schon jetzt den Diesel zu ruinieren. Die Lösung des Problems war ein Schlepp hinter einem Euroschiff, über UKW arrangiert. Mit 14 Knoten ging es nun stromauf; *Amanda* wurde zum Halbgleiter und zog eine ein Meter hohe Heckwelle hinter sich her. Peters Niroklampen hielten das mühelos aus; aber die Schlepptrosse (14 Millimeter) brach. Wir mussten sie verdoppeln. Bewundernswert, die Geduld des Binnenschiffers, in einem Verkehrsgewühl wie auf der Autobahn auf uns zu warten, bis wir die Trossen wieder übergeben konnten. Am nächsten Tag in Koblenz angekommen, akzeptierte er kein Geld, sondern nur eine Flasche Whisky.

Dann ging es an den Weinbergen der Mosel vorbei bis zum Canal Midi. Von der Elbe war ich gewohnt, der Großschifffahrt aus dem Wege zu gehen und nahe beim Tonnenstrich außerhalb des Fahrwassers zu fahren. Auf der Elbe war dabei immer noch genug Wasser unter dem Kiel, aber machen Sie das bitte nicht auf der Mosel! Ich war auch gar nicht außerhalb des Tonnenstrichs, wähnte mich noch fünf Meter innerhalb der Bojen im Fahrwasser, als das Unglück in Form eines Unterwasserfelsens zuschlug: Mit lautem Krachen bei fünf Knoten Fahrt hob sich *Amanda* plötzlich etwa 30 Zentimeter aus dem Wasser, um dann – wie in einem Witzfilm mit Luis de Funès – wieder einzusinken und weiterzufahren. Bei anderen Booten wären jetzt Kiel und Ruder abgebrochen.

Drei Monate später auf den Kanaren entdeckte ich zuerst etwas Wasser im Kiel, danach einen kleinen Riss. Udo von der *Maranatha* hat ihn mir dann im Boatyard auf Gran Canaria zugeschweißt. (Vielleicht haben Sie sein Buch »Abenteuer zwischen Traum und Wirklichkeit« gelesen?) Sein 34 Meter langes Mahagonischiff wurde in sechs Jahren mithilfe der ganzen Familie gebaut. Ich bin Udo noch sehr dankbar, denn durch seine Ideen konnten wir bei der Gelegenheit auch meinen Ruderschaft aus vier Zentimeter Durchmesser Stahl mühelos wieder gerade biegen. Jetzt schien *Amanda* für die Atlantikpassage klar zu sein.

In Los Christianos auf Teneriffa musste ich aber noch mit einem anderen technischen Problem fertigwerden, das im Boatyard auf Gran Canaria noch nicht erkennbar war: Ein Seeventil aus Bronze schloss nicht mehr richtig und musste ausgetauscht werden. Noch einmal aufs Trockene kranen, dazu hatte ich keine Lust. Jeden Abend schaute ich zum Mond, um die nächste Phase mit dem größten Tidenhub zu erwischen.

Beim allsonntäglichen Grillgelage am Strand, zu dem immer fast alle vor Anker liegenden Segler zusammenkamen, kündigte ich an:»Nächste Woche, Mittwochnacht, lasse ich *Amanda* an der Pier da drüben trockenfallen, ich muss ein Seeventil austauschen.«

»Geht das denn so einfach? Brauchst du Hilfe?«

»Nö, das habe ich an der Nordsee schon 100-mal gemacht, kein Problem, der Kiel von *Amanda* ist lang und breit!«

Die erste Phase des Unternehmens geht dann auch gut: Sanft gegen den ansteigenden Sandgrund gefahren, um 23 Uhr an der sonst sehr belebten Pier festgemacht. Kaum Zuschauer, kein Offizieller in Sicht, der die Sache hätte verderben können, die Touristen alle in den Bars, die Einheimischen noch beim Abendessen. Um drei Uhr morgens ist das Wasser weit genug abgelaufen, sodass ich jetzt die Werkzeuge ansetzen kann. Ich zwänge mich in den engen Motorraum. Es ist schon etwas Gewalt nötig, um das alte Ventil loszuschrauben – und jetzt bricht es auch noch ab! Aber die Kranzmutter muss unbedingt losgedreht werden, damit ich die Reste entfernen und das neue Ventil einsetzen kann. Es ist hier kaum Platz, um den riesigen Schraubenschlüssel richtig anzusetzen. Als er dann endlich sitzt, ist meine Lage so ungünstig, dass ich nur mit halber Kraft drehen kann. Ich fürchte schon, in eine Position zu rutschen, aus der ich mich gar nicht mehr selbst befreien kann. Jetzt steigt das Wasser unter *Amanda* auch schon wieder an, noch zehn Zentimeter – und das Wasser wird in den Rumpf laufen! Nach einigen vergeblichen Versuchen kann ich endlich meinen großen Hammer erreichen! Nachdem ich Ventilrest und Schraubenschlüssel damit bearbeitet habe, rührt sich endlich was. Nun aber schnell nach draußen und den neuen Flansch von außen einsetzen – geschafft! Jetzt kann das Wasser kommen!

Zufrieden sitze ich im Cockpit und genehmige mir, etwas Kaltes zu trinken. Langsam wird es draußen heller. Die Sonne geht auf. Plötzlich höre ich Geschrei in Spanisch und erkenne auch schon die eindrucksvolle Uniform auf der Pier, von der es ausgeht: Ich soll hier sofort verschwinden!

»Unmöglich! Das Boot sitzt doch noch auf dem Trockenen!«

Vergeblich versuche ich, dem Ordnungshüter zu erklären, dass der Wasserspiegel durch die kommende Flut erst höher steigen muss, damit mein Boot wieder frei schwimmen kann.

So viel Gegenrede ist der Almirante nicht gewohnt: »Sofort mitkommen!!«

Ganz gelassen folge ich ihm. Ich bin so froh, dass *Amanda* wieder okay ist, darum kann die Erwartung eines bürokratischen Papierkrieges kein Molekül Adrenalin in mir mehr lockermachen! Er zieht mit mir durch die Schreibstuben seiner Untergebenen, doch die liegen alle noch zu Hause im Bett; keiner da, dem er den Fall aufbrummen könnte. So verliert er rasch das Interesse an mir. Inzwischen ist auch wieder genug Wasser da. Frohen Mutes kehre ich zum Ankerplatz zurück.

Am nächsten Sonntag gibt es unter den Seglern beim Grillgelage am Strand eine lebhafte Diskussion.

»Wir sind hier so nah bei Afrika, dass es gar kein großer Umweg wäre, einen Abstecher nach dem Senegal oder nach Gambia zu machen, bevor es über den Großen Teich geht. Man muss ja sowieso zuerst ein Stück nach Süden, um in den Passatwind zu kommen!«

»Was willst du denn in Afrika? Da hauen sie dir den Kopf ab – mit der Machete!«

»Du darfst natürlich nicht in eine Revolution hineinstolpern, aber ich habe gehört, dass Gambia und der Senegal im Moment friedlich sind.«

»Ach, Dakar ist ein altes Dreckloch, die Schwarzen betteln einen dauernd an, sogar sehr aggressiv!«

»Mein Freund war da, hat 20 Ansichtskarten abgeschickt, keine davon ist je angekommen! Schon auf der Post pellen sie die Briefmarken wieder ab und verkaufen sie noch einmal, so arm sind die da!«

Ich beschließe, selbst hinzusegeln, um mir ein Bild zu machen …

2. Gambia

Mit zunächst nördlichen und damit achterlichen Winden verlasse ich Teneriffa, denn ich will ja nach Süden, am Kap Verde und den Kapverdischen Inseln vorbei, und dann in den Gambia River einbiegen. Es geht los mit vollen Passatsegeln. Der Wind nimmt langsam zu, von vier bis auf sechs bis sieben Beaufort.

Ich bin so fasziniert von der rauschenden Fahrt, dass ich das Reffen vergesse – nahezu gleichzeitig brechen beide Bäume, mit denen die Segel ausgebaumt sind, sie knicken wie Streichhölzer. Das war mir auf der Ostsee nie passiert, aber da sind die Wellen nicht so hoch, und das Boot war leichter und schneller, was den Wind von achtern reduziert. Aber ich habe Glück: Der Wind dreht auf Ost, mit halbem Wind geht es wiederum zügig auf das Kap Verde zu. Die Bäume brauche ich jetzt nicht mehr. Ich sichere sie an Deck für eine spätere Reparatur. (War einfach: Da es teleskopartig ausziehbare Bäume aus Aluminium waren, sägte ich die Bruchstellen heraus, schob die Teile wieder etwas ineinander und vernietete sie. Nun waren sie zwar nicht mehr ausziehbar und einen halben Meter kürzer, aber das hat im weiteren Gebrauch kaum etwas ausgemacht.)

Der Wind wird heiß und staubig, lässt mich fühlen, wie nahe ich an der Sahara vorbeisegele. Nach Umrundung des Kap Verde habe ich dann noch gegen Wind und Strom zu kämpfen, um in den Gambia River zu kommen. Nach insgesamt neun Tagen spült mich die auflaufende Flut des Nachts in die Flussmündung hinein.

An Steuerbord sehe ich die Halbinsel, auf der Banjul liegen soll, die Hauptstadt von Gambia. Lagerfeuer flackern am Strand, der Geruch von verbranntem Fleisch weht herüber. Ich fahre an einer beleuchteten Pier vorbei, an der zwei rostige Frachter festgemacht sind. Danach verschluckt mich wieder die Dunkelheit. Ich kann die Umrisse kleinerer Schiffe vor Anker ausmachen. In einer ruhigen Ecke des Hafens werfe ich den 20 Kilogramm schweren Pflugscharanker über Bord und lasse mich todmüde in die Koje fallen.

Beim Frühstück im Cockpit schweift mein Blick in die Runde: Sieben oder acht hässliche Wracks rosten in der Hafenbucht vor sich hin. Das Wasser ist trübe, 100 Meter entfernt, an Land, eine zerfallene Pier, daneben ein Slip, auf dem ein Kanonenboot als Patrouillenboot steht. Dabei fällt mir ein Kapitel aus einem Reiseführer wieder ein: »Wenn Sie sich Gambia auf der Karte anschauen, dann ist die Grenze zum Senegal, der das ganze Land umschließt, immer eine bestimmte Reichweite vom Gambia River entfernt« – eben einen Kanonenschuss weit. Warum? Einige pragmatische Leute im britischen Kolonialministerium haben sich wahrscheinlich gesagt: »Was wir nicht kontrollieren können, wollen wir auch gar nicht haben.« Aber vielleicht ist meine Theorie genauso wenig begründet wie die, dass die Briten ihr Kolonialreich nur gegründet haben sollen, um der heimischen Küche zu entfliehen.

Das Kanonenboot auf dem Slip ist das einzige des Landes. Der Präsident hält es vermutlich immer in gutem Zustand für den Fall, dass er es selbst einmal brauchen würde: Wenn die Aufständischen während einer Revolution den Flughafen der Hauptstadt zuerst in die Hand bekämen, könnte er das Land immer noch bequem auf dem Wasserwege verlassen.

Im Moment herrscht aber Frieden. Ich mache mich auf, um Samba Sey, den »Schiffsagenten«, zu suchen, mit dessen Hilfe ich einklarieren will. Nach Aufblasen des Schlauchbootes rudere ich hinüber zum Slip, auf dem das Kanonenboot steht.

Die hier »arbeitenden« Schwarzen begrüßen mich freundlich, jeder hält die Hand auf und erwartet eine Kleinigkeit. Kugelschreiber sind sehr gefragt, ich habe deshalb einen beträchtlichen Vorrat davon mitgenommen.

Die Verständigung in Englisch ist problemlos. Daneben existiert hier eine außergewöhnliche Vielfalt von Stammessprachen auf verhältnismäßig engem Raum. Die Experten meinen, dass dies mit der Situation von Handel, Handwerk und Landwirtschaft zusammenhängt: Man brauchte hier für den Tauschhandel keine weiten Wege zu gehen, da fast alles in der näheren Umgebung verfügbar war. Somit entstanden keine größeren Sprachräume wie anderswo.

Ich finde Samba in einer armseligen Hütte hinter einer Moschee. Wir gehen kreuz und quer durch die kleine Hauptstadt Banjul – eine Mischung aus Markt und Baustelle mit Staub, Hitze und Fliegen. Für 20 US-Dollar führt er mich zur Hafenverwaltung und zum Zoll.

Der Papierkrieg hält sich in Grenzen, da der Zollbeamte einer seiner sechs Brüder ist. Hier wird mir klar, wie die Zahnbürste erfunden wurde: Bruder Zöllner kaut während seiner Amtshandlung dauernd auf einem am Ende aufgefaserten Zweig herum.

Als ich mich bei Samba für seine Dienste bedanke, bezahle und mich verabschieden will, sagt er: »Ach, da fällt mir ein, ich brauche noch Geld für Weihnachtsgeschenke, besonders für unsere hart arbeitende Mutter!«

»Wieso, ihr seid doch Moslems, warum wollt ihr Weihnachten feiern?«

»Ja, das ist hier so: Die Hälfte der Bevölkerung sind Christen, die andere Moslems, aber wir feiern die Festtage beider Religionen immer *gemeinsam*!«

Was für ein schönes Beispiel von Toleranz! Der ganze Nahe Osten sollte sich daran ein Beispiel nehmen! Wer will, kann jetzt ausrechnen, wie viele Arbeitstage im Jahr dann noch übrig bleiben …

Am nächsten Tag kehre ich nach Banjul zurück, um das Hospital zu besuchen. Auf dem kargen, staubigen und steinigen Gelände, das in der Sonne brütet, finde ich den »Pavillon« für Innere Medizin.

Es ist gerade Visite angesagt. Interessiert folge ich Chefarzt, Resident (Assistenzarzt) und Krankenschwester, denn Tropenmedizin kenne ich hauptsächlich nur aus Büchern. Die erste Patientin hat auch prompt eine frische Malaria, vom Chef selbst am Mikroskop diagnostiziert: »Wahrscheinlich wird das gute alte Fansidar noch genügen, für etwas Modernes haben wir kein Geld. Die Erwachsenen sind hier sowieso ziemlich resistent, aber die Kindersterblichkeit ist enorm. Vor der Stadt haben wir ein Malariaforschungsinstitut, das mit Impfstoffen experimentiert, aber Sie wissen ja, wie schwierig das ist!«

Die alte Frau nebenan hat Beri Beri, eine typische Vitaminmangelkrankheit, die mit der örtlichen Reisdiät zusammenhängt.

Im nächsten Raum dösen 20 ausgemergelte Gestalten vor sich hin. In der Ecke hockt ein 16-Jähriger mit einem monströs geschwollenen Arm: ein Schlangenbiss! Man kann die beiden kleinen Einschläge der Giftzähne auf dem Handrücken noch erkennen.

»Passiert hier häufig bei der Arbeit in den Reisfeldern.«

»Was für ein Antiserum habt ihr denn?«

»Überhaupt keines, viel zu teuer, entweder er überlebt oder …«

»Wie steht es denn hier mit Aids?«, möchte ich wissen.

»Kann ich bei einigen nur vermuten, kein Geld für Testmaterial und Labors.«

So geht es weiter. Bewundernswert, die Arbeit des einheimischen Kollegen in diesem primitiven Umfeld, er hat in London studiert und versteht es auf erstaunliche Weise, mit Wenigem den bestmöglichen Effekt zu erzielen!

Sachspenden, zum Beispiel Antibiotika, können hier noch sinnvoll sein, nicht aber die Mittel gegen Zivilisationskrankheiten, wie Blutdrucksenker. Einige Leute haben es schon fertiggebracht, Cholesterinsenker nach Afrika zu schicken. (In einigen Hauptstädten gibt es jetzt sicher auch Zivilisationskrankheiten, aber dort können dann die Betroffenen ihre Medikamente selbst bezahlen.)

Afrika ist ja der Kontinent, wo die Menschen den niedrigsten Blutdruck überhaupt haben. Andererseits ist in den USA aber wohl bekannt, dass die Afroamerikaner viel empfänglicher für Bluthochdruck sind als Weiße derselben Gewichtsklasse. Folgende Gründe werden dafür diskutiert: vermehrter sozialer Stress für Schwarze in Amerika sowie eine höhere Empfindlichkeit für Salz, das früher im Schwarzen Kontinent recht knapp war.

Der nächste Patient bietet eine bei uns selten gewordene Form der Lungenentzündung. Sein Röntgenbild wird gegen das Fenster gehalten. Ich beiße mir auf die Zunge, um nicht zu kommentieren: »Ein Schwarzer im Tunnel«, wie wir das in Deutschland immer bei der Röntgenbesprechung gesagt haben, wenn eine zu schwarze Aufnahme an den Lichtkasten gehängt wurde. Hier stimmt es aber wirklich!

Nach der Visite hätte ich die anschließende Diskussion noch gerne ausgedehnt, aber der Kollege muss jetzt Ambulanz halten, der Flur vor seinem Arbeitszimmer ist schon überfüllt mit ›outpatients‹.

»Gehen Sie noch zur Geburtshilfe, der Kollege ist ein Deutscher!«

Ich finde Christoph im Ultraschallraum. Eine zwölfjährige Schwangere liegt auf der Pritsche neben der altmodischen Flimmerkiste. Bevor Christoph mit der Untersuchung beginnen kann, muss er erst einmal eine Anzahl Amulette und Fetische entfernen, um »freie Fahrt« zu haben mit dem Ultraschallgeber auf diesem Bauch im achten Monat.

»Everything okay«, sagt er dann nach einer Weile.

Die Familie kann das Mädchen wieder mitnehmen.

»Ich bin schon ein paar Jahre hier durch ein Programm der GTZ (Gesellschaft für technische Zusammenarbeit). In einer Woche fliegen wir wieder nach Deutschland. War eine schöne Zeit hier, habe sogar Mandinga (Eingeborenensprache) gelernt!«

Später besteigen wir Christophs Motorrad – was würde hier besser passen als eine Enduro – und brausen davon, eine riesige Staubwolke hinter uns herziehend.

»Bevor ich dich zu deinem Boot bringe, fahren wir noch eben zu einem lokalen Markt. Ich möchte ein paar Trommeln kaufen.«

Vier oder fünf Verkaufsstände kommen in Sicht. Jede einzelne der fellbespannten Trommeln probiert er aus, ja, er trommelt schon besser als die Einheimischen!

»In Deutschland haben diese Trommeln Sammlerwert, es würde sich schon lohnen, einen ganzen Container davon mitzunehmen«, erklärt er.

Ich hoffe nur, dass er in Deutschland gute Nachbarn oder ein alleinstehendes, einsames Haus haben wird …

Am nächsten Tag hole ich mir im Hafenamt die Erlaubnis, den Gambia River weiter hinaufzufahren. Tags darauf geht es dann los, vormittags mit auflaufendem Wasser und damit Schiebestrom.

Nachdem ich den Hafen ostwärts verlassen habe, sehe ich keine anderen Schiffe mehr. Aber sonst ist alles wie auf der Elbe: die Gezeiten, das trübe Wasser, die flache Landschaft, sogar die Breite des Flusses, natürlich keine Tonnen! Aber ich habe eine gute Karte, und hier gibt es keine Felsen im Fluss, die kommen erst oberhalb von Georgetown. Leise tuckert der brave Bukh 20 PS. Um Diesel zu sparen, fahre ich nur mit vier Knoten. Der Fluss ist so weit und groß, dass ich die Steuerung bequem der Autohelm 2000 überlassen kann. Im Schutze des Sonnensegels, das hier wirklich nötig ist, hocke ich im Cockpit und lasse die Landschaft an mir vorüberziehen.

Am Ufer vor dem Urwald dümpelt eine Piroge mit zwei Fischern. Durch das Fernglas (7 x 50) sehe ich, wie sie ein Netz mit kleinen glitzernden Fischen einholen. Dann wieder stundenlang Mangroven, davor ein Streifen Watt. Ich fühle mich wie Stanley oder Livingston.

Nach etwa sieben Stunden kentert der Strom. Mit Blick auf das Echolot fahre ich zur Seite und ankere auf vier Meter Wasser. Das wird genug sein, denn wenn ich wieder losfahre, ist Niedrigwasser. Der Tidenhub ist hier unter zwei Meter.

Kein Luftzug mehr, 36 Grad Celsius in der Kabine, ich spüre keinen Hunger in dieser Hitze und stelle mir vor, wie heiß es werden könnte, wenn ich jetzt den Petroleumkocher anwerfen würde.

Die Kühlbox ist die ganze Zeit gelaufen, unter Motor kein Problem. Alle drei Batterien sind voll geladen. So kann ich mir ein kaltes Bier genehmigen. Es schmeckt so gut wie mitten in der Sahara!

Nach der kurzen Tropendämmerung umfängt mich die Nacht. Vom dunklen Uferstreifen tönen die Laute des Dschungels zu mir herüber. Hier im Cockpit ist es besser, als in einer Hängematte dort an Land zu schlafen. Schließlich werde ich auch hier von den Moskitos vertrieben und verziehe mich hinter die Netze in meine Koje. Licht machen, um zu lesen, würde nur noch mehr von diesen Quälgeistern anziehen. Problemlos schlafe ich ein und träume vom »schwarzen Herzen Afrikas« (Joseph Conrad).

Am nächsten Tag geht es an den Monkey Islands vorbei, doch kein Affe lässt sich blicken. Dann biege ich in einen kleinen Nebenfluss ein. Über lange Strecken ist er etwa zehn Meter breit und fünf Meter tief. Die Baumkronen sind höher als der elf Meter hohe Mast und berühren sich fast. Mit zwei Knoten Fahrt ist der Diesel so leise, dass er niemanden mehr stört. Jetzt sehe ich eine Makakenart – mit Schwanz etwa einen halben Meter lang – in den Wipfeln herumturnen. Auf einer schmalen Uferbank döst ein etwa drei Meter langes Krokodil vor sich hin.

Gedämpftes grünes Licht erfüllt diese aquatische Allee, die sich meilenweit landeinwärts schlängelt. Ein etwas moderiger Geruch liegt in der Luft. Die Stille wird nur unterbrochen vom Schrei eines gefiederten Wachtpostens, der in der Ferne in regelmäßigen Abständen die Grenzen seines Reviers kundtut. Keine Menschenseele zu sehen!

Das Flüsschen wird enger und enger. Ich frage mich schon, ob ich hier jemals wieder herauskomme. Lianen greifen nach dem verrückten Segelboot, das sich so weit in den Dschungel vorgewagt hat. Nach einigen Kilometern entdecke ich schließlich eine poolartige Stelle zum Wenden.

Als ich den Gambia River wieder erreiche, beginnt bereits die kurze Abenddämmerung der Tropen. Schon bald ist schwarze, mondlose Nacht. Doch mithilfe des Echolots finde ich einen Platz zum Ankern.

Am nächsten Tag geht es weiter flussaufwärts. Nachmittags kommt Georgetown in Sicht, das heißt, ein paar kleine Steinhäuser und Strohhütten auf beiden Seiten des Gambia River. Mit dem Schlauchboot gehe ich an Land und folge einem ausgetretenen Pfad. Möglicherweise könnte ich einigen Flusspferden begegnen, die es hier noch gibt. Nach einer Weile sehe ich ein paar strohgedeckte runde Hütten.

Plötzlich bin ich von einigen Kindern und Halbwüchsigen umringt, die alle die Hand aufhalten und um ein Geschenk betteln. Ich verteile meine Kugelschreiber, habe jedoch nicht genug für alle. Um den Rest bricht ein Streit aus, schade, keine Möglichkeit, Fragen zu stellen!

Mir wird klar, dass hier ein ähnliches Gesetz herrscht wie in der Quantenphysik: Man kann nichts mehr im Originalzustand beobachten, ohne das Ergebnis zu beeinflussen (Heisenberg'sche Unschärferelation). Auch in der Anthropologie ist das Problem gut bekannt, wenn es darum geht, menschliche Gemeinschaften irgendwo auf der Welt im Urzustand zu beobachten.

Am nächsten Tag finde ich in Georgetown das Touristencamp und schließe mich einer Gruppe an, um ein Dorf zu besuchen. Der Leiter übergibt dem Dorfältesten einen Sack Reis. Jetzt können wir in aller Ruhe alles besichtigen.

Das Dorf besteht aus etwa acht bis neun runden Strohhütten, von einem 1,20 Meter hohen Palisadenzaun umgeben. Zwischen den Behausungen spielen zahlreiche Kinder. Mitten unter ihnen tummeln sich Ziegen und Hühner. Gekocht wird im Freien, zwischen Steinen oder unter einem Dreibein. Kein Mobiliar in den Hütten, die Betten bestehen aus Stroh und Resten alter Wolldecken. Zur Zeit sind alle Einwohner gesund, keine Regenzeit und nicht so viele Moskitos. Der Dorfälteste entlässt uns mit einem Gebet und dem Segen Allahs.

Zurück zum Fluss. *Amanda* zerrt unruhig an ihrer Ankerkette. Sie weiß vielleicht wohl, dass wir nur eine Woche Erlaubnis haben, das Landesinnere zu besuchen.

Wieder in Banjul, ankere ich neben Ron aus Kanada, der gerade von Südafrika hier angekommen ist. Er ist Captain und auch Einhandsegler.

»Früher habe ich viele Yachten übergeführt, aber jetzt gibt es GPS (Global Positioning System), und jeder Idiot kann damit Ozeane überqueren!«, beschwert er sich. »Also hatte ich genug Zeit, um auf Weltumsegelung zu gehen.«

»Sag mal, warum sind deine Kabinenwände so schwarz, hattest du Feuer an Bord?«, frage ich ihn.

»So was Ähnliches.«

Er schenkt uns Whisky ein und erzählt mir dann die ganze Geschichte.

Die Hurrikane im Indischen Ozean heißen Zyklone, und er befand sich plötzlich in einem solchen. Sein 12-Meter-Boot kenterte durch und verlor den Mast. Nach Auspumpen des Bootes konnte er alles wieder zum Laufen bringen, wie Motor, Kocher und so weiter. Aber unter Notsegel am fünf Meter langen Spinnakerbaum machte das schwere Boot nur 1,5 Knoten. Das bedeutete von seiner Position aus: über drei Monate bis Durban in Südafrika! Nur dort bestand die Chance, einen neuen Mast zu finden. Aber das Trinkwasser hätte bis dahin keinesfalls gereicht, kein Regen, kein Watermaker! Was tun?

Zum Glück hatte er noch eine Menge Diesel, aber natürlich nicht so viel, um Durban unter Motor zu erreichen. Die Lösung war, dass er den Diesel auf dem Petroleumkocher unter einer improvisierten Kondensationsanlage verbrannte. Als er schließlich in Durban ankam, hatte sich die Kabine in eine schwarze Höhle verwandelt …

Inzwischen ist es Mitternacht geworden. Ron schenkt uns noch einen Whisky ein. Plötzlich klopft es draußen an der Bordwand.

»Don't worry, my Diesel is coming!«, erklärt er.

In der Dunkelheit an Deck erkennen wir, dass das Boot des Hafenlotsen längsseits gegangen ist. Jetzt sehe ich, wie afrikanisch getankt wird: Nach Losschrauben der Bodenplatte im Cockpit des Lotsenbootes kommt das sogenannte Mannloch (zur Inspektion des Dieseltanks) zum Vorschein; es wird anscheinend immer offen gelassen. Mit einer gewöhnlichen Suppenkelle wird der Diesel in einen Eimer gefüllt und herübergereicht. Diese Prozedur ist immerhin noch bequemer und billiger – special illegal price – für Ron, als sich mit den Kanistern in der Hitze des Tages abzuschleppen: von der Tankstelle durch ein Viertel, in dem die Kriminalität nistet, dann über eine brüchige Pier, schließlich aus zwei Metern Höhe das kleine wackelige Beiboot beladen, um dann gegen die Strömung des Gambia River zum Ankerplatz zu rudern. Der Außenborder ging nämlich auch im Zyklon mit einigen anderen Sachen über Bord.

Bevor es über den »Großen Teich« geht, besuche ich noch Peter, ein verschollenes TO-Mitglied (TO = »Trans-Ocean«, Verein zur Förderung des Hochseesegelns in Cuxhaven), der mit seinem Holzboot in einem schlammigen Seitenarm des Gambia River hängen geblieben ist. Die Umrisse des einstmals stilvollen Bootes sind noch im Wasser zu erkennen. Daneben hat er einige strohgedeckte Pfahlbauten errichtet: Lamin Lodge, Camp, Bar und Restaurant. An Land befinden sich einige Hütten und Bungalows, davor in den Liegestühlen weiße Menschen mit Sonnenbrand, die sich aus der Zivilisation hierher verirrt haben. Am Steg liegen ein Riverboat, mit dem sie spazieren gefahren werden können, und zwei Pirogen mit Dieselaußenbordern. Eigenartigerweise gibt es hier keine Moskitos, wohl wegen des Brackwassers und der Gezeiten.

Unter dem schattigen Strohdach an der Bar ist der beste Platz, um über die Mittagshitze hinwegzukommen.

»Reich wird man nicht in diesem Geschäft, aber hier lässt es sich leben«, meint Peter.

»Hauptsache, es wird dir nicht zu langweilig hier! Routine kann die schönste Gegend nach einiger Zeit wie einen traurigen Hinterhof erscheinen lassen!«

»Bisher noch nicht«, schüttelt er den Kopf …

Zurück in Banjul ergänze ich die Vorräte für die Atlantiküberquerung, darunter 30 Eier, frisch von der Farm. Sie werden mit Vaseline eingeschmiert und halten sich tatsächlich für die ganzen 25 Tage der Seereise nach Barbados. Ein Sack Limonen wird zu Limonade verarbeitet. (Unterwegs fing das Zeug an zu gären, aber es schmeckte immer noch gut!)

Besondere Sorgfalt verwende ich auf das Bunkern des Trinkwassers. Unerwarteterweise ist das Wasser von bester Qualität. Das Wasserwerk wurde mit deutscher Entwicklungshilfe erbaut, und ein Sohn des Präsidenten wurde zum Direktor ernannt.

Zeit zum Aufbrechen! Über UKW melde ich mich beim Hafenkommandanten ab. Ich fahre um die Halbinsel herum, auf der Banjul liegt. In der breiten Mündung des Gambia Rivers sind die Pirogen der Fischer das Letzte, was ich von Gambia sehe.

Doch nicht das Letzte von Afrika: Der braungelbe Staub verfolgt mich noch für 200 Seemeilen, nimmt die Sicht auf den Horizont, vereitelt dadurch astronomische Navigation mit dem Sextanten.

Hier ist das Seegebiet, wo die Hurrikane aus örtlichen Gewittern entstehen können, um dann vom Passat über den Atlantik geschoben zu werden. Allerdings nicht das ganze Jahr hindurch, von Juni bis November ist Hurrikansaison mit einem Maximum im September.

Aber jetzt haben wir Januar. Viele Segler gehen im November oder Dezember von den Kanarischen Inseln über den Atlantik, zum Teil mit der ARC. Rallye anstelle von Regatta, weil man den Motor benutzen darf. Die Teilnehmer machen sich gegenseitig Mut und fühlen sich sicherer im Verband. Trotzdem sind vereinzelt Boote spurlos verschwunden.

Als individualistischer Einhandsegler gefällt mir die Sache nicht besonders, weil das Unternehmen zu sehr kommerzialisiert ist und ich zuerst zu sehr aufpassen müsste, um Kollisionen in diesem Gedränge zu vermeiden. Außerdem sind Einhandsegler gar nicht zugelassen, weil Einhandsegeln – auf den ersten Blick – viel zu gefährlich ist.

»Allein über den Atlantik? Das muss doch sehr langweilig sein!«, habe ich immer wieder gehört.

Na ja, aber besser allein als mit Leuten, die sich nicht vertragen und sich gegenseitig auf die Nerven gehen! Das hat schon zu Mord und Totschlag geführt, wie auf der Apollonia. (Ein angeheuerter Segler erschoss den Schiffseigner und seine Freundin nach längerem Streit über die Schiffsführung. Er wurde gefasst und in Deutschland verurteilt.)

»Single-hand sailing: no problem with the crew!«, sage ich immer. Alle Entscheidungen sind leichter, wenn man nur für sich selbst verantwortlich ist.

Die nächstbeste Option sind Mann und Frau, die schon länger zusammen an Bord gelebt haben, sodass sich Routine und Arbeitsteilung harmonisch entwickeln konnten. Natürlich kann es auch mit mehreren Leuten ein schönes Erlebnis werden. Das ist aber Glückssache und damit nicht vorhersagbar.

3. Auf dem Atlantik

Mein Tagesablauf auf dem Atlantik sieht etwa so aus: Beim ersten Tageslicht checke ich Windstärke und Richtung, untersuche die Segel auf Schäden, überprüfe und justiere die Windselbststeueranlage (Pendelruder, Modell Atlantik, ich hatte keine Probleme damit). Anschließend bereite ich mein Frühstück.

Dann probiere ich verschiedene Köder an der Schleppangel aus, nehme dafür auch häufig die an Bord gefallenen fliegenden Fische. Ich beobachte oft, wie sie gegen den Wind starten und nach manchmal über 50 Meter langem eleganten Flug wieder eintauchen. Ein Barrakuda oder ein anderer Raubfisch da unten wundert sich dann vielleicht: Mein Frühstück war doch eben noch da!?

Ein Pärchen bunter Fische, etwa einen Meter lang, folgt dem Boot stundenlang. Hier gibt es keine Delfine, wahrscheinlich wegen der kilometerlangen japanischen Netze; Delfine sehe ich erst wieder in der Karibik. Ich erinnere mich, wie mich zum ersten Mal ein Delfin begleitete, als ich von der Rhônemündung durch einen kurzen Kanal ins Mittelmeer gelangte. Ich nahm es damals als ein gutes Zeichen für meine zukünftigen Reisen. Auf dem Weg nach Gibraltar haben mich dann oft Delfine besucht, besonders wenn ich Kassetten mit Popmusik spielte. Als ich später in einem Hafen einmal das Radio angelassen hatte, als ich über Bord ging, um das Unterschiff zu reinigen, stellte ich fest, dass man die Musik unter Wasser sehr gut hören kann, wie es ja auch theoretisch nach der Physik sein soll. Bei klassischer Musik aber blieben die Delfine fern, vielleicht sind auch sie Kulturbanausen.

Regen- und Gewitterwolken sind auf dem Atlantik schon meilenweit im Voraus zu sehen. Ratespiel: Werden sie mich treffen oder an mir vorbeiziehen? Inzwischen nähert sich die Sonne ihrem Höchststand. Ich »schieße« sie ein paarmal mit dem Sextanten und berechne die Mittagsbreite. Gleichzeitig lese ich das letzte Etmal vom Log ab – die in den letzten 24 Stunden zurückgelegte Strecke – meistens um die 100 Seemeilen.

Jetzt folgt die Zubereitung des Mittagessens auf dem kardanisch aufgehängten Petroleumkocher. Wenn alles so schaukelt, dauern selbst die einfachsten Handlungen viel länger als sonst. Zwischendurch muss ich immer wieder Ausschau halten. Endlich mal viel Zeit zum Lesen! Bücher, die ich immer schon mal lesen wollte.

Vor dem Dunkelwerden muss ich wieder alles abchecken wie vor dem Frühstück. Sie meinen, ich habe das Bedienen der Schoten vergessen? Nein, bei mir war es nur alle paar Tage notwendig, die Segelstellung zu verändern, so konstant können die Wind- und Wetterverhältnisse im Passat sein.

Da es des Nachts kein Streulicht von umliegenden menschlichen Bauwerken gibt, auch wegen der reinen Luft, ist der Sternenhimmel fantastisch. Ich sehe viele Sternschnuppen und habe dementsprechend viele Wünsche frei.

Zeit zum Träumen! In meinen Gedanken besucht mich manchmal der Geist des guten alten Professors Haber und diskutiert die Geheimnisse des Universums mit mir. Wohlwollend nickt er mir zu, als er seinen Sternenatlas in meinem Bücherbord entdeckt. Wegen des beschränkten Raumes sind die Bücher zumeist nach der Größe geordnet oder stehen dort, wo sie gerade hinpassen. Ich erzähle ihm eine Geschichte aus meiner Schulzeit, als wir einmal einen deutschen Besinnungsaufsatz schreiben mussten. Ich wollte zunächst das Thema nehmen: »Wie ordne ich meinen Bücherschrank?«, diskutierte es vorher aber noch mit meinem Freund und Banknachbarn. Wir saßen in der letzten Reihe, sodass uns keiner dabei störte.

Erwartet wurde natürlich, dass wir mit den einzelnen Literaturgattungen jonglierten und aufzeigten, dass das klassische Bildungsideal auf fruchtbaren Boden gefallen war. Da man des Guten auch zu viel bekommen kann, wollte ich in meinem jugendlichen Trotz die Bücher nach der Größe ordnen. (Mir wäre damals im Traum nicht eingefallen, dass ich das später einmal wirklich tun würde.)

»Bist du verrückt?«, warnte mich mein Banknachbar. »Das ganze Lehrerkollegium auf dieser jahrhundertealten Schule würde sich verhöhnt fühlen! Und stell dir vor, wie wütend der Direktor werden kann! Die würden dich sofort feuern! Dann könnten wir nie wieder unter der Bank zusammen Schach spielen, wenn die Stunden so langweilig werden!«

Diesen Argumenten hatte ich nichts entgegenzusetzen, und so musste ich ausweichen auf das Thema: »Welches literarische Werk hat Ihnen in letzter Zeit besonders gefallen und warum?«

»Das Ordnen nach Größe und Verfügbarkeit ist intellektuell gar nicht so abwegig«, doziert Professor Haber, »wenn man sich überlegt, wie Information heutzutage in Form von E-Mail stückweise transportiert wird …«

Wir diskutieren weiter über die Frage nach der größten Erfindung des letzten Jahrtausends: Buchdruck oder Computer? Das Buch einerseits funktioniert immer, auch wenn der Strom ausfällt. Man kann es in entspannter Lage jederzeit lesen und braucht nicht wie ein Affe vor dem Computer zu hocken mit Muskelschmerzen und Haltungsschäden im Gefolge. Die Buchstaben sind praktisch eine Form der DNS, mit denen – parallel zur Vererbung – Erfahrungen in die Zukunft projiziert werden.

Natürlich muss man sich davor hüten, zum reinen Bücherwurm und trockenen Theoretiker zu werden. Sie kennen den Typ: Kaum hat er es gelesen, will er es lehren. Noch wichtiger ist deshalb die eigene Erfahrung, die es einem erst ermöglicht, alle Informationen richtig einzuordnen und auf diesem heutigen Ozean von Informationsmüll den richtigen Kurs zu finden.

Die Möglichkeiten des Computers andererseits sind noch gar nicht voll ausgeschöpft. Eine weitere Revolution stünde bevor, wenn eine leichtere Verbindung Gehirn–Computer hergestellt werden könnte, die Verbindung zwischen biologischer und technischer Elektrizität.

Zurück zur Navigation. Ich mache mir keine großen Sorgen darüber, dass ich mein Ziel verfehlen könnte: Wenn der Sextant ins Wasser fällt, habe ich noch das GPS, wenn auch das ausfällt, den Funkpeiler, funktioniert der ebenfalls nicht mehr, die Koppelnavigation, also einfach Kurs und Distanz entsprechend dem Kompass und Log (Meilenzähler) in die Karte einzeichnen.

Sollte ich trotzdem noch an der flachen Insel Barbados vorbeisegeln, müsste ich schon Tomaten auf den Augen haben, um die dahinter liegende Inselkette mit Bequia, St. Vincent und St. Lucia zu verfehlen. Das sind ganz andere Bedingungen, als sich im Pazifik bei bedecktem Wetter den flachen Tuamotus zu nähern, von schwer berechenbaren Strömungen versetzt.

Noch zehn Meilen bis Barbados! Ich stehe auf dem Klüverbaum und starre durch das Fernglas. Tatsächlich! Langsam kommt die flache Insel in Sicht! Es wird schon dunkel, als ich die Südspitze umrunde. Ich schwenke ein zur Carlisle Bay an der geschützten Westküste, nahe der Hauptstadt Bridgetown.

Nach 25 Tagen und 2500 Seemeilen endlich wieder Land! Die am Anfang des ersten Kapitels beschriebene Kollision meines Bootes mit einem frei im Atlantik treibenden Container ist glücklicherweise nur die einzige gefährliche Situation gewesen.

Todmüde suche ich nach einer passenden Stelle zum Ankern. Am Strand sehe ich ein flachgehendes Boot, wie zum Beispiel eine Fähre, beladen mit Hunderten von Arabern, ich kann die weiß-grauen Kopftücher im Licht des Mondes gut erkennen, eben Pilger, die nach Mekka wollen …

Da meldet sich eine höhere Kontrollstelle in meinem Gehirn: »Du Idiot, du bist doch nicht im Roten Meer! Was du da siehst, ist ein Wellenbrecher aus Hunderten von Tetrapoden, ankere ja nicht zu nahe am Strand – jetzt weißt du, was eine Halluzination ist!«

Selten so gut geschlafen wie in der ersten Nacht auf diesem rolligen Ankerplatz! Am nächsten Morgen frage ich den Hafenmeister über UKW, wo ich einklarieren kann.

»Kommen Sie sofort in den Tiefwasserhafen!«

»Aber ich habe doch kein Kreuzfahrtschiff, ich bin auf einem kleinen Segelboot!«

»Macht nichts, beeilen Sie sich schon!«

Im Tiefwasserhafen steht ein beträchtlicher Schwell, Wellenhöhe bis 1,50 Meter! *Amanda* tanzt wie verrückt an der Pier. Wenn das man keinen Bruch gibt!

Aber irgendwie schaffe ich es, unverletzt an Land und kurz darauf zurück an Bord zu springen, nachdem der unvermeidliche Papierkrieg erledigt ist. Nun wird mir klar, warum Jimmy Cornell, der Organisator der Atlantik Rallye, den Zielpunkt nach St. Lucia verlegt hat. Als ich später beim Schiffsausrüster in Bridgetown einkaufe, ist der noch immer wütend auf ihn.

4. Vasco da Gama

In Barbados war es mir nicht gelungen, die vor Anker liegenden Kreuzfahrtschiffe zu besuchen und mit den Schiffsärzten an Bord zu sprechen. Der Eingang zum Hafen wird bewacht wie ein Ghetto. In Grenada dagegen, wo ich inzwischen angekommen bin, gibt es zwei Eingänge, einen scharf bewachten und einen zweiten, der leicht zu passieren ist, wenn man wie ein Tourist, also Passagier, aussieht.

Als Supertourist verkleidet frage ich an der Gangway der Vasco da Gama nach dem Schiffsdoktor. Harry Malone MD aus Florida bringt tatsächlich seine 150 Kilo zur Gangway, gibt mir eine Schiffstour und zeigt mir anschließend das Schiffshospital.

»Dich schickt der Himmel! Nächste Woche muss ich nach Miami fliegen und mein Immobilien-Business selbst in die Hand nehmen. Hier ist die Telefonnummer von Larry Floss, ruf ihn im Main Office an, wenn du den Job willst!«

(WARNUNG an alle Kollegen, die etwas Ähnliches versuchen wollen: So geht es heute nicht mehr! Die »Hiring Officers« der großen Gesellschaften sind meistens amerikanische Krankenschwestern, die die Jobs im Bekanntenkreis vergeben.)

Amanda wird im »Boatyard Spice Island Marina« an der Südküste Grenadas mit einem Portalkran an Land gesetzt. Hier steht sie sicher. Ich kann sie fast jede Woche besuchen, denn die Vasco da Gama ist jeden Mittwoch wieder in Grenada auf ihrer wöchentlichen Rundreise durch die südliche Karibik. Von Grenada aus geht es weiter: Barbados, St. Lucia, ein Tag auf See, Aruba, Curaçao, ein Seetag, wieder Grenada.

Etwa 90 Prozent der Passagiere kommen sonntags in Aruba an Bord, hauptsächlich aus den USA und Brasilien. Die Übrigen reisen aus Europa an, und zwar über Barbados.

Als Schiffsarzt muss ich Uniform tragen, tagsüber schlicht weiß, nach 18 Uhr entsprechend dem »Dresscode« die Uniform wechseln und an zwei formalen (»feierlichen«) Abenden in der Woche das sogenannte »Affenjäckchen« anziehen.

An einem der nächsten formalen Abende suche ich mir zwei der hübschen Tänzerinnen aus, die das Programm im »Showroom« auf der Bühne mitgestalten, und lasse mich von einem der berufsmäßigen Fotografen, die überall auf dem Traumschiff auf der Lauer liegen, fotografieren, an jedem Arm eine. Das Foto schicke ich an meine letzte Arbeitsstelle in Deutschland, um die Kollegen und Mitarbeiter dort ein wenig neidisch zu machen. Es müsste da jetzt noch an der Pinnwand hängen zwischen all den anderen Urlaubskarten von Mallorca bis Miami. Der Text dazu lautet unter anderem: Die Arbeit ist hier so ganz anders als im Krankenhaus …

Im deutschen Krankenhaus hatte ich immer einen Pieper in der Hosentasche, hier ist es ein UKW-Handfunkgerät. Die Schiffssprache ist Englisch.

Die Crew kommt aus über 40 Nationen: Decksoffiziere und Maschinenraumpersonal aus Griechenland und Zentralamerika, Zahlmeisterei, Rezeption und Casino aus England oder Skandinavien, Großküchenpersonal aus Südostasien, zeitweise mit französischem Chefkoch, und Bedienung im Speisesaal aus Portugal.

Der derzeitige Kapitän und der Chefingenieur sind Griechen. Der Hotelmanager und die meisten Passagiere kommen aus den USA. In der ersten Zeit bin ich der einzige Deutsche an Bord.

Das Schiff wurde in Belgien bei Antwerpen gebaut und 1961 in Dienst gestellt. Unter seinem ersten Namen »Infante Dom Enrique« fuhr es zu den damaligen portugiesischen Kolonien um Afrika herum. Der Namensgeber »Dom Enrique« ist in Deutschland als Heinrich der Seefahrer bekannt, der jedoch nie wirklich zur See gefahren ist wegen Seekrankheit, aber viel für die Seefahrt getan hat; er hat zum Beispiel die Seefahrtschule in Sagres, Portugal, gegründet.

In »Vasco da Gama« umbenannt, kreuzte das Schiff später weltweit, dann einige Jahre im Mittelmeer, von Neckermann gechartert. Seit

1991 fährt es nun in der Karibik unter zwei Namen zugleich: »Vasco da Gama« und »Sea Wind Crown«, ein seltenes Phänomen. Wahrscheinlich dachte sich die jetzige Gesellschaft mit Sitz in Miami, dass der doppelte Name die Amerikaner besser ansprechen würde.

Als Europäer finden wir natürlich »Vasco da Gama« viel schöner, zumal noch eine Bronzestatue von dem ersten Umrunder Afrikas an bevorzugter Stelle im Vorschiff zu sehen ist. Bis jetzt haben die Namenswechsel dem Schiff aber noch kein Unglück gebracht …

Für den Neuling erscheint das Schiff zunächst wie ein Labyrinth; zahlreiche Gänge, Treppen und Fahrstühle verbinden die einzelnen Decks und Abteilungen. Schon als Kind haben mich Schiffe fasziniert. Nun mache ich mir einen Sport daraus, die kürzesten Wege einschließlich der Notausgänge zwischen den einzelnen Bereichen zu finden. So kann ich im Notfall wie ein »Deus ex machina« schnell auf der Szene erscheinen.

Das Hospital im achterlichen Teil des Schiffes bietet mehr Platz als auf anderen Schiffen dieser Art und Größe: Wartezimmer, Sprechzimmer, OP, Apotheke, zwei Intensivbetten, vier Betten in der Isolierstation. Nebenan liegt der große Speisesaal, was durchaus von Vorteil ist, denn viele Patienten kommen erst auf Umwegen zur Behandlung. Zuerst haben sie nämlich ihre Leiden den Tischgenossen oder Kellnern geklagt, die sie dann darin bestärken, das Hospital aufzusuchen. Auch den Weg zu uns kann man leichter beschreiben, besonders am Telefon in anderen Sprachen, da im »Dining Room«, »Sala de Jantar« oder »Comedor« alle schon gewesen sind, anders als in der Kapelle oder im Kasino, die es ebenfalls an Bord gibt.

Das Telefon klingelt, die Zentrale (Purse Desk, Reception) meldet sich: »Im Salon Panorama ist ein Passagier zusammengebrochen!«

Ich ergreife meinen Notfallkoffer und eile mit Riesenschritten durch den Speisesaal, dann durch die Großküche (Galley). Gerade kann ich noch einem Kellner ausweichen, der soeben ein riesiges Tablett beladen hat, sich jetzt damit umdreht und loslaufen will. Der mit

Fliesen belegte Boden der Galley ist fettig und rutschig, aber dieser Teil des Parcours ist kein größeres Hindernis für mich, denn als Kind habe ich oft auf zugefrorenen Bächen und Seen in Norddeutschland gespielt. Vor der Schwelle eines wasserdichten Tores nehme ich noch rechtzeitig die Füße hoch.

Als ich an der Rezeption vorbeikomme, sehe ich den Staffcaptain mit einer rassigen Brasilianerin flirten, die gerade angekommen ist.

»What's up, Doc?«

»See you later!«

Erstaunlicherweise kommt es den meisten Menschen nicht in den Sinn, dass der Arzt in solchen Fällen kaum weiß, was ihn erwartet, und dass es andererseits müßig ist, über etwas lange zu spekulieren, was man im nächsten Moment dann genauer studieren kann. Die Schweigepflicht ist in diesem Fall nicht einzuhalten, da dieser elegante Herr offiziell mein Vorgesetzter ist.

Die Spannweite der möglichen Notfälle ist riesengroß: einfaches Unwohlsein durch Aufregung nach Streit mit dem Partner bis zum plötzlichen Herzstillstand. Inzwischen habe ich noch ein paar Treppen hinter mich gebracht, immer im Slalom um die Passagiere herum. Das Problem hier auf dem Schiff ist, einen gehetzten Eindruck zu vermeiden, um die Passagiere nicht in Panik zu versetzen, andererseits aber noch schnell genug beim Notfall zu sein. Sie mögen jetzt den Kopf schütteln, lieber Leser, aber es sind hier schon einige Passagiere in Panik geraten, als sie einige von der Mannschaft mit Schwimmwesten zum regelmäßigen Bootsdrill rennen sahen.

Es ist mir aufgefallen, dass die Menschen in der Neuen Welt schneller in Aufregung und Panik geraten als in Deutschland, wahrscheinlich ein Effekt der Hollywood-Filme. Während ich die Bronzestatue Vasco da Gamas passiere, nehme ich noch einige tiefe Atemzüge, um nicht keuchend auf der Szene zu erscheinen und die ersten Fragen nicht in akuter Atemnot stellen zu müssen. Mit gesetzten Schritten sieht man mich dann die Panorama-Lounge betreten.

Ich knie neben einem etwa 18-jährigen Mädchen am Boden, sie atmet und hat einen Puls, also alles nicht so schlimm! Als ich den Blutdruckmesser aus dem Koffer hole, fällt mein Blick auf die ängstlichen Augen der Zuschauer.

»Everybody relax«, beruhige ich.

Der Blutdruckmesser zeigt RR 95/60. Die Eltern berichten mir, ihre Tochter sei immer gesund gewesen.

»Wir sind gerade von einer Inseltour zurück. Es war sehr heiß, und Debby mag nicht so viel trinken, da sie nicht gern zur Toilette geht …«

Nachdem ich ihre Beine für ein paar Minuten hoch gelagert habe, wird sie jetzt mit einem Rollstuhl zu ihrer Kabine gefahren. Wenn sie meinem Ratschlag folgt und ausreichend Flüssigkeit zu sich nimmt, wird sie schnell wieder okay sein. Der menschliche Organismus kann ja austrocknen wie ein Schrumpfapfel, dann sinkt eben auch der Blutdruck.

Inzwischen haben wir Lunchtime. Ich gehe zur Offiziersmesse. Sie befindet sich hinter der Brücke und dem Funkraum, in der Nähe vom Büro des Kapitäns. Kreuzfahrtschiffe sind normalerweise bekannt für gutes Essen, der Nachteil für die Mannschaft ist nur, dass es in jeder Woche den gleichen Speiseplan gibt; das kann nach ein paar Monaten schon langweilig werden. Einmal kam der Küchenchef zu mir mit Gastroenteritis (Brechdurchfall). Als ich ihn fragte, wann und wo er was gegessen hatte, musste er gestehen, dass er tags zuvor bei einer Imbissbude an Land war.

Doch nun eine Geschichte, die wirklich außerhalb des kulinarischen »Hauptfahrwassers« liegt: Beim Mittagessen sehe ich, wie der alte Captain nach einer Inseltour in die Messe kommt und dem Steward eine große Strandkrabbe überreicht: »Koche sie für mich, ich möchte sie heute Abend essen!«

Alle Anwesenden sehen sich erstaunt an: Der alte Captain ist sonst noch voll geschäftsfähig, aber jetzt wird er doch wunderlich! Hat er etwa in irgendeiner Zeitschrift gelesen, dass Krabbenessen jünger macht? Er ist normalerweise nicht mehr im aktiven Dienst und jetzt nur auf das Schiff gekommen, um den regulären Kapitän für kurze Zeit zu vertreten, dieser braucht ja auch mal Ferien. Ohne Einwände nimmt der Hierarchie gewohnte Steward das Meerestier – so groß wie ein Klodeckel – entgegen und steckt es in einen riesigen Kochtopf.

Ich schlucke den letzten Bissen hinunter und setze zu einem Kommentar an: »Captain, ich würde das Tier so nur in größter Notlage und um zu überleben essen! Diese Krabbe hat sich wahrscheinlich nur von Abfall (shit) ernährt! Die Einheimischen setzen solche Dinger auf eine Seegras-Diät, bevor sie nach ein paar Tagen gegessen werden können.«

Aber der Captain insistiert: »Ich habe diese Krabbe in sauberem Wasser am Südende der Insel gefangen! Im Zweiten Weltkrieg haben wir diese Sorte oft gegessen, nie gab es Probleme damit!«

Sie möchten wissen, wie die Geschichte ausgegangen ist? Am nächsten Morgen kam nicht der Captain, sondern der Steward mit einem schrecklichen Brechdurchfall zu mir, der drei Tage lang angehalten hat …

Die Rezeption ruft an: »Gehen Sie bitte zur Suite No. 1, der alte Herr fühlt sich nicht wohl!«

Hier treffe ich auf eine Großfamilie, wohl 20 Personen, die ihren 85-jährigen Stammvater umlagern, der schon vor über 60 Jahren aus Indien in die USA eingewandert ist. Schmerzen in der Brust, Atemnot und kalter Schweiß sind die Symptome. Ich rufe unser Team, das nach dem Notfallplan die Aufgabe hat, das Hospital zu evakuieren, aber auch Krankentransporte innerhalb des Schiffes durchzuführen, und lasse mir einige Geräte aus der Intensivstation bringen. Eine Krankenschwester habe ich in dieser Woche nicht, die letzte ist nach Erfüllung ihres Halbjahresvertrages wieder in die USA geflogen. Die Nachfolgerin ist für kommenden Sonntag angekündigt.

Das EKG zeigt einen ausgedehnten Vorderwand-Septum-Infarkt.

Der Patient geht langsam in den sogenannten kardiogenen Schock (einfach keine ausreichende Pumpfunktion des Herzens mehr, Blutverteilungsstörung im Kreislauf, Pulsanstieg und Blutdruckabfall), aus dem kaum jemand lebend herauskommt. Trotzdem bringe ich in Stellung: Infusionspumpe mit Dopamin/Dobutrex, Defibrillator, Geräte zur Intubation und verwandele das Schlafzimmer der Suite in eine kleine Intensivstation.

Doch es hilft alles nichts: Der Infarkt ist zu groß, der Patient sehr alt und nach Kammerflimmern stellt sich jetzt auch schon eine Null-Linie ein. Mein Kampf im Schlafzimmer der Suite ist vorbei. Doch nun kollabieren fast alle Mitglieder der Großfamilie der Reihe nach, natürlich aus emotionalen Gründen. Besorgt bin ich nur um die 82-jährige Nun-Witwe. Ihr Blutdruck klettert auf 260/120, doch sie reagiert gut auf Nifedipin und Diazepam.

Inzwischen ist es Samstagmorgen, Tag auf See, morgen werden wir in Aruba ankommen. Während ich alle Geräte wieder zur Intensivstation bringe, aufbaue und checke, muss ich mir überlegen: Wohin mit der Leiche?! Eine Kühlbox dafür wie auf großen amerikanischen Schiffen haben wir nicht …

Da fällt mein Blick auf die Kabine für die neue Krankenschwester. Sie soll ja erst morgen an Bord kommen. Ich öffne die Tür: eine recht kleine Kabine, aber dafür eine überdimensionierte Klimaanlage. Das wird uns über die Zeit bis Aruba helfen – und so geschieht es dann auch.

Wie immer an den Seetagen, wenn die Passagiere keinen »Auslauf« haben, so ist auch heute die Sprechstunde gut besucht. Danach komme ich endlich dazu, die Sterbeurkunde auszustellen. Mir graut schon vor dem Papierkrieg mit den Hafenbehörden! Weil es auf diesem Schiff selten vorkommt, haben wir dafür keine entsprechenden Formulare vorrätig. Also fertige ich zehn Originale an mit der Position nach geografischer Länge und Breite, die ich auf der Brücke erfrage, und mit der magischen Formel am Schluss: »No foul play expected«. In die

Unterschriftenaktion werden Captain, Staffcaptain und Hotelmanager mit einbezogen.

Es funktioniert! Keine Rückfragen oder Verzögerungen. Kaum ist die Leiche am nächsten Tag in Aruba von einem Bestattungsunternehmer abgeholt worden, da steht auch schon die neue Krankenschwester auf der Matte, Lora aus Kanada.

Zuerst zeige ich ihr das Hospital, ihre Kabine, dann das ganze Schiff. Dabei stelle ich sie den einzelnen Abteilungen vor. Auf dem Weg vom F & B Department (Food & Beverage = Essen und Trinken) fragt sie unvermittelt: »Is there a morgue on board?« (Ist eine Leichenhalle an Bord?)

Ich beiße mir auf die Zunge.

»Nein, es passiert höchst selten, würde sich gar nicht lohnen, gestern, das war eine Ausnahme!«

Gott sei Dank, sie fragt nicht weiter! Später hat sie sich auch nie über schlechten Schlaf in ihrer Kabine beklagt ...

Weil wir viele Passagiere aus Brasilien haben, beginne ich, Portugiesisch zu lernen. Unter den Büchern im Hospital finde ich ein 20 Jahre altes Lehrbuch für »Medizin an Bord«. Ich fange an zu lesen: Das Buch ist nur sprachlich interessant, medizinisch ist natürlich alles veraltet. Das letzte Kapitel handelt davon, wie man ein Seebegräbnis veranstaltet (funeral no mar): Flagge, Rutsche, Beschwerung, Gebete – wie in alten Filmen!

Da kommt mit hängendem Kopf João in mein Sprechzimmer, erster Maat und neuerdings mein Sprachtrainer für diese schöne Sprache.

»João, lass uns ein Seebegräbnis veranstalten!«, scherze ich und versuche ihn aufzuheitern. Er aber hat die Grippe und fühlt sich sehr schlecht mit Schwindel, Kopfschmerz, Muskelschmerzen, Husten und 39 Grad Celsius Fieber.

»O Doctor é muito otimistico!«, sagt er lakonisch.

Bis auf wenige Ausnahmen – auf die ich noch später kommen werde – macht es mir Freude, die Crew zu behandeln. Einige haben wirklich einen sehr stressvollen Job und sind recht dankbar, besonders, wenn sie aufmerksame medizinische Betreuung von zu Hause aus nicht kennen. Eines Tages finde ich eine Flasche Wein – Ferreira Rosé – ohne eine Karte oder Sonstiges auf meinem Schreibtisch. Ich lege sie schnell in eine Schublade, damit die Patienten keinen falschen Eindruck von mir bekommen.

In der nächsten Woche sehe ich Paolo Ferreira, der im heißen Maschinenraum arbeitet, mal wieder in der Sprechstunde.

Er fragt: »Wie hat der Wein geschmeckt?«

»Ach, du warst das! Ja, exzellent, vielen Dank! Aber warum hast du keine Karte oder einen Zettel mit deinem Namen dazugelegt?«

»Mein Familienname ist Ferreira, und damit sollte doch wohl alles klar sein, oder?«

Inzwischen kann ich mich mit den Passagieren aus Brasilien in ihrer Sprache unterhalten. Ich bin erstaunt, wie wichtig Parapsychologie, Okkultismus, Astrologie und so weiter in diesem Land genommen werden. Viele glauben an Wiedergeburt (Reinkarnation).

Das Telefon klingelt. »Der Passagier in Kabine 456 hat akute Atemnot!«

Mit Notfallkoffer, Sauerstoffflasche und Krankenschwester mache ich mich schnell auf den Weg. Der 60-jährige Patient hat keine Schmerzen, nur Atemnot, Puls regelmäßig, Lunge frei (Untersuchung mit dem Stethoskop). Er ist langjähriger Diabetiker, wie er erklärt. Auf gezieltes Fragen kommen auch alle anderen Risikofaktoren zum Vorschein: erhöhte Blutfette, hoher Blutdruck – im Moment aber kontrolliert – und Rauchen. Sein Onkel starb am Herzinfarkt.

»Wir bringen ihn ins Intensivbett!«, sage ich zu Lora.

Hier zeigt das EKG dann einen großen Vorderwand-Infarkt. Der Blutdruck fällt, die Hautfarbe wird zyanotisch – bläulich – als Zeichen des Sauerstoffmangels im Organismus. Über der Lunge höre ich feuchte Rasselgeräusche. Wenn jetzt nichts Entscheidendes passiert, geht er in den kardialen Schock!

Auf den amerikanischen Kreuzfahrtschiffen in der Karibik oder nahe den USA würde man in diesem Fall die Küstenwache rufen und um einen Hubschrauber bitten. Aber hier sind wir zu weit südlich, der Patient ist außerdem kein amerikanischer Staatsbürger und nach meiner Ansicht geht dabei auch zu viel Zeit verloren. Die ist ganz wesentlich in den ersten Stunden eines Herzinfarktes, weil man mit bestimmten Mitteln den Thrombus, der die Herzkranzarterie verstopft hat, auflösen und damit das davon abhängige Herzmuskel-Areal vor dem Untergang bewahren kann.

Glücklicherweise habe ich bei der Diskussion über die letzte Medikamentenlieferung aus Miami die Gesellschaft überredet, auch zwei Fläschchen Streptase zu kaufen. Das war eines der ersten Mittel für die sogenannte Thrombolytische Therapie. (Inzwischen gibt es Besseres.) Und Mr. Cooper hat – Gott sei Dank – keine Kontraindikationen dafür.

Also los: Streptase über eine Stunde infundiert, etwas Aspirin dazu, danach mit Heparin fortsetzen.

»Ist das nicht gefährlich?«, fragt Lora.

»Sicher, aber das habe ich in Deutschland schon 100-mal gemacht. Am meisten gefürchtet ist ja dabei eine Hirnblutung, kommt aber recht selten vor.«

In großen Statistiken überwiegen die Vorteile dieser Behandlung bei Weitem, da wir häufig den Infarkt ungeschehen machen können und damit Zeit gewinnen für Herzkatheterisierung und/oder Bypassoperation, bevor wesentliche Teile des Herzens im Infarktgebiet abgestorben sind.

Nach einer Weile blutet der Patient aus allen Körperöffnungen. Bei der Aufklärung über die Prozedur habe ich ihn schon darauf vorbereitet, die Gefahr einer Hirnblutung dabei aber nicht zu ausführlich beschrieben. Um sich in Deutschland rechtlich korrekt zu verhalten, müsste man das aber tun. Dann ist der arme Patient manchmal so erschrocken, dass er die Behandlung ablehnt, auch wenn sie für ihn lebensrettend sein könnte.

Doch Mr. Cooper regt so schnell nichts auf. Er ist ein alter Soldat der Rheinarmee und war auch in Osnabrück, nahe meiner alten Heimat, stationiert. Das scheint ihm zu helfen, diesem fremden Schiffsdoktor aus Deutschland zu vertrauen, zumal er jetzt auch merkt, dass es ihm langsam besser geht. Aus medizinischer Sicht: Die linksventrikuläre Funktion bessert sich, die Lungenstauung und damit die Atemnot nimmt ab. Das Besondere an seinem Herzinfarkt ist, dass er keine Schmerzen verspürt hat. Das kann besonders bei Diabetikern vorkommen und wird »stummer Herzinfarkt« genannt.

Inzwischen sind wir in Grenada angekommen. Mr. Cooper ist bei der britischen Air-Ambulanz versichert. Mit Mrs. Cooper versuche ich nun, durch einen gefaxten Brief, der alle medizinischen Kriterien erfüllt, die Gesellschaft in Bewegung zu bringen, damit sie einen Learjet schickt, um den Patienten nach Hause zu holen. (Learjet bezeichnet den Flugzeugtyp der Air-Ambulanz). Diese Organisation reagiert aber recht träge und bequemt sich erst nach ein paar Tagen, ein Flugzeug nach Barbados zu schicken. Dafür werden sie dann aber mit einem Rolls Royce vom Flughafen abgeholt, wie Mrs. Cooper mir später schreibt.

Ich hatte den beiden auch noch von den Koronargruppen in Deutschland erzählt und wie diese versuchen, die Risikofaktoren nach einem Herzinfarkt in den Griff zu bekommen. Deshalb fügt Mrs. Cooper in ihrem Brief noch stolz hinzu, dass ihr »husband one stone« abgenommen habe, also etwa sechs Kilogramm, und dass es ihm jetzt sehr gut gehe.

Nach einer Woche sind wir wieder in Grenada. Es ist hier nicht schwer, ein Taxi zu bekommen, von überall her ertönen die Rufe der Fahrer: »Taxi, Taxi!«

Das kann schon lästig werden.

»Wie viel macht es zur Prickly Bay?«

Der Preis ist akzeptabel, ich steige ein. Der Fahrer rast los, die Uferstraße mit der schönen Aussicht entlang.

»Wissen Sie, dass neuerdings Grenada nicht mehr ›die Gewürzinsel‹ heißt, sondern jetzt ›Insel der Taxifahrer‹ genannt wird?«

Sein breites Grinsen enthüllt Zähne in seinem pechschwarzen Gesicht, an denen ein Zahnarzt kaum etwas verdienen könnte.

»Le'me tell you, why dat is.«

Er erklärt mir, dass hier auf importierten Autos ein hoher Zoll lastet, aber wenn sie als Taxis zum Broterwerb deklariert werden, ist nur ein Bruchteil davon fällig.

Im Boatyard angekommen, sehe ich, dass mit *Amanda* alles in Ordnung ist. Auf der Sprayhood schläft eine Katze. Ab und zu fällt eine Kokosnuss aufs Deck. Das Boot staubt langsam zu. Im Schatten unter dem Boot sitzen drei Schwarze und warten auf die Mittagspause oder auf die Wiederauferstehung Bob Marley's.

Wir kommen ins Gespräch. Sie sagen: »Von allen Booten hier mögen wir Amandla am liebsten!«

»Warum?«, möchte ich wissen.

»In Südafrika bedeutet Amandla doch Freiheit, also Freiheit für Südafrika!«

Das gefällt mir! Dass sie dabei noch ein »l« eingefügt haben, stört weiter nicht.

Auf dem letzten Teil des Rückweges zum Hafen geht es um die Lagune herum. Viele Fahrtensegler liegen hier vor Anker. Ich schaue immer, ob mir vielleicht ein Boot bekannt vorkommt.

Von den Seglern, die ich auf den Kanarischen Inseln kennenlernte, habe ich fast 80 Prozent in der Karibik wiedergetroffen. Die Vasco da Gama patrouilliert ja geradezu durch die Karibik, später werden wir auch noch Antigua, Guadeloupe, Dominika, Martinique sowie Trinidad und Tobago anlaufen.

Da entdecke ich Henry mit seinem acht Meter langen, aber äußerst seetüchtigen Stahlboot zwischen den vielen anderen Ankerliegern. Ich rufe ein Wassertaxi.

»Ahoi, Henry, alter Schwede!«

Als er an Deck erscheint, wird er bleich vor Schreck. Wie er mir später erzählt, hat er mich in meiner weißen Uniform zuerst für die Küstenwache gehalten. Bei Umgang mit Behörden hat er nämlich immer ein schlechtes Gewissen, da er es mit der Legalität nicht so genau nimmt. Als ich näher komme, erkennt er mich endlich. Ich klettere auf sein Boot.

»Wie ist es dir denn auf dem Atlantik ergangen?«, frage ich ihn.

»Ach, während der letzten Tage war ich immer sehr müde, musste mich schlafen legen, und dann bin ich in St. Lucia auf die Felsen gebrummt!«

»Ich hab mich schon gewundert, dass dein Boot so zerbeult aussieht!«

»Als ich dann unsanft aus der Koje fiel, hatte die nächste größere Welle mich schon wieder freigespült, Motor an und weg!«

Selten verläuft es so glimpflich, aber das ist eben ein alter Langkieler aus Stahl, der seinen Weg findet wie ein treues Pferd, auch wenn der Kutscher betrunken ist.

Die Vasco da Gama liegt in Sichtweite am Kai, doch ich wage es nicht, Henry einzuladen und ihm das Schiff von innen zu zeigen. Ich befürchte, er könnte die Passagiere erschrecken. Er sieht etwas zu abenteuerlich aus, ihm fehlen die Frontzähne, und er trägt seine Haare wie Rasputin.

»Hast du keine Angst, dass dir die langen Haare mal in die Winsch geraten beim Segeln?« »Bisher noch nicht passiert, aber sie sind sehr gut zum Händeabtrocknen, ich brauche fast keine Handtücher mehr …«

Es gibt doch viele Formen der menschlichen Existenz!

Da krächzt es aus meinem Handfunkgerät: »Doc, kommen Sie an Bord, der Staffcaptain wurde von einem Hund gebissen!«

Kurz darauf bin ich an Bord und versorge seine Handwunde mit vier Nähten.

»Wie ist es passiert?«

»Sie haben doch den Bananendampfer gesehen, der vor uns liegt. Als der anlegte, hat er uns eine Schramme und eine Beule am Bug verpasst. Also bin ich rüber auf das andere Schiff gegangen, weil man den Schaden von da aus besser sehen kann. Da kam doch plötzlich dieser Hund und hat mich ohne Vorwarnung gebissen!«

Er bekommt ein Antibiotikum, da diese Wunden immer infiziert sind. In Bezug auf Tetanus braucht er nur eine Auffrischung, aber so unwahrscheinlich es auch ist, ich muss die Tollwut ausschließen: »Ich gehe mal rüber und forsche nach!«

An Bord des polnischen Frachters spreche ich mit dem Kapitän. Wie schon vermutet, bestätigt sich der Verdacht auf Tollwut nicht. Das ist mir ganz recht, dann brauche ich nämlich den Staffcaptain nicht einem langwierigen Impfschema zu unterziehen. Er hat einige unangenehme Eigenschaften: Immer wenn er im Schiffshospital ist, will er etwas »mitgehen lassen«; mal ist es ein Antibiotikum für eine Freundin, mal ein Skalpell. Und noch etwas ist bemerkenswert an ihm: Er hat Ähnlichkeit mit Richard Nixon. Wenn ich ihn sehe, bin ich immer auf irgendwelche Tricks gefasst.

»Wissen Sie, ich sammle alle möglichen Korallen, und die kann man am besten mit einem Skalpell zu Schaustücken verarbeiten. Sie tauchen doch auch, da könnten Sie doch mal ein paar seltene Korallen für mich abbrechen!«

Und dieser Mann ist offiziell mein Vorgesetzter an Bord, neben dem Captain natürlich!!

Die kleine Handverletzung hindert ihn aber nicht, seinen normalen Tätigkeiten nachzugehen. Dazu gehört auch, dass er sich abends um die Passagiere kümmert, besonders um die weiblichen. Mit anderen Worten, er ist als Schürzenjäger bekannt. Der Ausdruck ist an Bord nicht ganz passend, da die Frauen hier ja keine Schürzen tragen, sondern in wunderbaren Kreationen der Mode einherschreiten, und die Brasilianerinnen manchmal in besonders gewagten.

So auch jetzt – formaler Abend – und ein paar Stunden später: Ein

Geschöpf dieser Art hat die Aufmerksamkeit des Staffcaptains erregt und alle seine Instinkte voll angesprochen. Im »Affenjäckchen« *stehen* wir an der Kasinobar, denn Staff und Crew dürfen an der Bar nicht sitzen, um keinen falschen Eindruck zu erwecken. Wir, das sind die Krankenschwester, der erste Maat João, der Zahlmeister und Paul, der schwarze Pianist und Humorist aus New York, mit seiner Frau aus Grenada.

»Kennt ihr schon die neue Flamme vom Staffcaptain?«

»Ja, sehr attraktiv, hab selten so einen hübschen Transvestiten gesehen!«

»Klar, wenn das kein Transvestit ist, bin ich Abraham Lincoln!«

»Aber der Staffcaptain hat es noch nicht gemerkt. Ob wir ihn warnen sollten?«

»Are you out of your mind?«

»Er wird das am Ende schon selber merken!«

Da schreitet das glorreiche Paar auch schon an uns vorüber, das wunderbare Geschöpf hat sich bei ihm eingehängt. Und nun bleiben sie auch noch bei den Fotografen stehen! Wie immer an solchen formalen Abenden haben diese in einer Ecke Stativ, Kamera, Barockstuhl und Hintergrund aufgebaut. Natürlich müssen sie die Leute zum Lachen bringen für die Aufnahme. Die Liste der aufmunternden Worte reicht ja von »cheese« bis »shit«, aber heute ist in Mode: »Say sex.«

»Wir gehen besser in den Showroom, sonst verschlucken wir uns noch (vor Lachen) an unseren Drinks hier!«

Auf dem Weg dorthin schallt uns flotte Musik entgegen, die Band auf der Bühne spielt irgendwas wie aus New Orleans.

»Paul, was spielen die da gerade?«, frage ich unseren Pianisten.

»Die spielen das viel zu schnell, ›Walking in a Chain Gang‹. Unmöglich, so schnell zu gehen mit Ketten an den Füßen!«, antwortet er etwas ärgerlich.

»Wie fandest du die Steelband heute auf der Pier?«

»Ach, die macht nur Lärm!«

Erstaunlich, sein fast klassischer Musikgeschmack, er ist schon ein Unikum, ein »weißer« Schwarzer!

Wir nehmen im Hintergrund Platz, die vorderen Plätze sind natürlich für die Passagiere bestimmt. Mit viel Geschwafel kündigt der Cruisedirector die Gruppe der Tänzerinnen an mit ihrem Cancan wie im Moulin Rouge in Paris.

Nun werfen sie ihre Beine hoch, fast bis über ihre Köpfe, dann wieder lassen sie sich in einen hüftbrecherischen Spagat fallen. Die Choreografie muss wirklich stimmen, auch wenn das Schiff sich fast unmerklich bewegt, sonst – und da passiert es auch schon: Jasmin wird voll vom Fuß ihrer Partnerin am Kopf getroffen und geht zu Boden. Im Vollkontakt-Taekwondo wäre es exzellent gewesen, aber hier auf der Bühne wirkt es doch etwas peinlich! Der Beleuchter reagiert schnell und taucht die Szene für einige Sekunden ins Dunkel. Ich bin bereits bei der Verunglückten und halte ihren Kopf und ihren Hals gerade, während sie mit Hilfe von Cruisedirector und zwei Musikern in die Umkleidekabine gebracht wird.

Gott sei Dank, sie kommt schnell wieder zu sich, erbricht sich nicht und erinnert sich an alles! Ich ziehe sie natürlich aus dem Verkehr, um sie weiter zu kontrollieren. Komplikationen können sich sehr wohl später entwickeln, manchmal nach langer Zeit, wenn das Kopftrauma schon längst vergessen ist.

Der Eisbeutel tut ihr gut, er lässt nur einen kleinen blauen Fleck mit wenig Schwellung entstehen. Als ich sie nach einer Weile noch einmal kontrolliere, hat sie ihn schon professionell mit Make-up zugedeckt.

Nun kann ich mich wieder zu unserer lustigen Truppe im Hintergrund des Showrooms gesellen. Da wird Damian angesagt, unser neuer deutscher Jongleur. Virtuos lässt er zu einer etwas altmodischen Musik seine Bälle und Hüte über die Bühne wirbeln. Zum Schluss wird es gefährlich: Mit dem Knauf des Griffes im Mund hält er einen Dolch senkrecht und jongliert darauf – Spitze auf Spitze – ein langes Schwert. Auf dem Knauf des Schwertes balanciert er ein Tablett mit

Flasche und sechs Gläsern. Wenn das alles mal unverhofft herunterkommen sollte, könnte das Schwert möglicherweise die Halsschlagader treffen. Ich versuche, immer in der Nähe zu sein, wenn er das Kunststück vorführt. Bisher ist jedoch alles problemlos verlaufen.

Schon manchmal hat Damian den Captain gebeten, für fünf Minuten einen ruhigeren Kurs vor dem Winde steuern zu lassen, aber das Schiff schwankt immer etwas. Die Zuschauer halten den Atem an – Trommelwirbel – dann Stille – endlich der erlösende Tusch der Band, wenn er alles fallen lässt und geschickt einzeln auffängt. Stehende Ovationen der Zuschauer! Wieder einmal gut gegangen!

Wir sitzen noch eine Weile bei einem Drink zusammen und warten auf unseren Jongleur, der nach der Vorstellung in seinem Frack immer völlig durchgeschwitzt ist und schnell unter die Dusche muss. Mit Erleichterung sehen wir den Staffcaptain mit einer neuen Señorita in Richtung Disco flanieren …

5. Notfallübungen

Jede neue Gruppe von Passagieren, die auf das Schiff gekommen ist, muss sofort am nächsten Morgen an einer Übung teilnehmen. Zunächst gibt es wichtige Informationen und Anweisungen für den Aufenthalt an Bord. Dann wird vorgeführt und sorgfältig geprobt, wie man die Schwimmwesten richtig anlegt, die sich in jeder Kabine befinden und auch in Kisten an Deck gelagert sind. Anschließend werden die Neulinge von den Stewards zu den für sie vorgesehenen Sammelstationen (Musterstationen) geleitet. Von hier aus ginge es im Ernstfall in die Rettungsboote.

Für neue Mitglieder der Crew erklärt David, der Sicherheitsoffizier aus Kanada, die wöchentliche Notfallübung: »Prägen Sie sich das Emergency-Signal ein: Sieben kurze Töne der Alarmglocken, gefolgt von einem langen. Egal, was Sie gerade machen, holen Sie schnellstens Ihre Rettungsweste und gehen zu Ihrer persönlichen Notfallstation.«

Alles ist im Notfallplan festgelegt, und jedes Crew-Mitglied muss genau wissen, was es zu tun hat. Eine Gruppe der Stewards überprüft zum Beispiel systematisch die Kabinen, ob sich vielleicht noch irgendwo ein ängstlicher Passagier versteckt hält. Die Purser von der Zahlmeisterei (Rezeption = Purse Desk) stecken alles Geld, sämtliche Pässe und Papiere in Koffer, bereit zum Verlassen des Schiffes. Die Gruppen zur Vorbereitung der Rettungsboote machen diese schon mal klar.

»Übrigens, was ist Ihre Aufgabe, Doktor?«

»Ich bereite eventuelle Patienten im Schiffshospital für die Evakuierung vor. Ebenso treffe ich Vorbereitungen, neue Verletzte zu behandeln. Ich halte Kontakt mit der Krankenschwester und der Erste-Hilfe-Gruppe, während sie auf dem Schiff die Verletzten einsammelt. Wenn das Signal zum Verlassen des Schiffes ertönt, leite ich die Evakuierung zum Rettungsboot, welches als Hospitalboot deklariert ist.«

Maria, die neue Krankenschwester, hat schon am ersten Tag auf der

Brücke schriftliche Instruktionen und eine Rettungsweste bekommen. Wir sitzen im Hospital am Ende der Sprechstunde, da schrillt die Alarmglocke.

»Aha, das Emergency-Signal!«, ruft sie. »Was muss ich jetzt tun?«

»Hol deine Rettungsweste, setz dich an deinen Schreibtisch, kontrolliere anhand deiner Liste, ob alle acht Mitglieder der Erste-Hilfe-Gruppe hier angekommen sind, und melde dann der Brücke: Hospital und Erste-Hilfe-Gruppe klar!«

Über unsere UKW-Handfunkgeräte verfolgen wir den weiteren Ablauf der Übung.

»Feuer in der Großküche!«

»Feuerwehrgruppe I vor Ort!«

Brücke: »Wir haben alle elektrischen Leitungen abgeschaltet, Gruppe I Wasser marsch, Gruppe II kühlt das Deck darüber!«

Sicherheitsoffizier: »Achtet auf die Herde mit Gasflaschen, das sind jetzt potenzielle Bomben!!«

»Feuer im Schiff ist die Hölle«, sage ich zu Maria, »das Schiff verwandelt sich in einen riesigen heißen Ofen!«

Sicherheitsoffizier: »Das Feuer hat auf die Stauräume I und II übergegriffen, es ist so stark, wir müssen uns zurückziehen!«

Brücke: »Evakuiert Area V und VI, wir schließen die Feuertüren!!«

»Maschinenraum, fahrt die Boiler herunter!«

»Aye, aye, Captain!«

Das Kommando zum Stoppen ist schon vom Maschinentelegrafen übermittelt worden.

Chefingenieur: »Wir haben zwei Verletzte hier, Nr. 138 und Nr. 145, wurden von einem heißen Dampfstrahl getroffen, als sie versuchten, das Hauptventil zu schließen!«

»Erste-Hilfe-Gruppe zum Maschinenraum!«

Ich erkläre Maria noch den kürzesten Weg und schicke sie dann los.

Sicherheitsoffizier: »Das Feuer hat sich auf Area IV, V, VI, VII ausgebreitet, die Hitze ist gewaltig, der Qualm ist so stark, dass wir nicht mehr sehen können, wir atmen schon lange aus unseren Pressluftflaschen!«

»Abandon ship, hier spricht der Captain, abandon ship!« (Schiff verlassen!)

Ich eile an Deck, wo schon das Hospitalboot mit den anderen bereit zum Wassern ist. Unterwegs treffe ich drei ältere Damen, die mich besorgt anschauen.

»Ist nur eine Übung!«, beruhige ich sie.

Ihre Gesichter hellen sich auf, und sie sind wieder zum Scherzen aufgelegt: »Aha, im Notfall verlässt also ausschließlich die Crew das Schiff!?«

»Der Eindruck entsteht nur, weil die Übungen für Passagiere und Crew getrennt abgehalten werden!«

Beim Hospitalboot warte ich auf Maria und ihre Gruppe. Keuchend und schmutzig erscheinen sie in einem Niedergang wie aus dem Tor zur Unterwelt. Jedes der zwei »Opfer« wird von drei starken Mannschaftsmitgliedern in einem Tragegriff gehalten, beide sehen aus wie begossene Pudel.

»Was hast du mit denen gemacht?«, frage ich Maria.

»Na ja, sie sind ja verbrüht worden, und mein neuer Freund, der vierte Ingenieur, hat mir erzählt, dass sie da unten immer eine ganze Box mit Eis haben, um ihre Getränke zu kühlen (Temperatur im Maschinenraum über 50 Grad Celsius, eine Hölle für sich), die habe ich über die beiden ausgeschüttet, natürlich ohne das Bier!«

»Okay, perfekte Erste Hilfe in einer Abandon-Ship-Situation!«

Bei der nächsten Übung an einem anderen Tage hören wir einen einzigen langen Alarmton. Wir sind auf See.

»Was ist das jetzt?«, fragt Maria.

»Mann-über-Bord-Manöver, das würden sie von der Brücke auch im Ernstfall über Lautsprecher ansagen, machen sie aber jetzt nicht, um die Passagiere nicht zu beunruhigen.«

»Und was sollen wir dabei tun?«

»Ich gehe mit ins Rettungsboot, Nr. I an Steuerbord oder Nr. II an Backbord, je nachdem, an welcher Seite der ›Unglückliche‹ über Bord gefallen ist. Du weißt ja, die Rettungsboote mit der ungeraden Nummer sind an Steuerbord, die mit der geraden Nummer an Backbord oder ›portside‹, wie sie hier auch sagen. Du kommst dann mit der Erste-Hilfe-Gruppe nach und all den Geräten, Medizinbox, Sauerstoffflasche, Defibrillator – du weißt schon. Jetzt muss ich mich aber beeilen!«

Über UKW habe ich mitbekommen, dass Rettungsboot II zu Wasser gelassen wird, also laufe ich nach vorne zum Promenadendeck Backbordseite.

Mit dem Sicherheitsoffizier und sieben anderen Seeleuten finde ich mich im acht Meter langen »Lifeboat« wieder. Der Diesel (Bukh 20 PS, wie in meinem eigenen Segelboot) wird per Handkurbel angelassen. Die Vasco da Gama kommt in einem weiten Bogen nach links langsam zum Stehen.

»Wo ist denn der Mann?«

Der Staffcaptain auf der Brückennock zeigt uns die Richtung und korrigiert später über UKW unseren Kurs. Die Wellenhöhe ist nur zwei Meter, aber das »Opfer« ist vom schwankenden Rettungsboot aus schwer zu erkennen. Als es endlich nahebei in Sicht kommt, staunen wir, was die Jungens von der Brücke da zusammengebastelt haben, eine mannsgroße Puppe aus Resten alter Schwimmwesten.

Die ist wirklich leichter an Bord zu ziehen als eine natürliche Person. Auf großen wie auf kleinen Booten ist das der schwierigste Teil des Manövers. Zu diesem Zweck halten wir ein grobes Netz bereit, mit den Maßen etwa zwei mal zwei Meter und zwei Holzstäben an den gegenüber liegenden Seiten, in das das »Opfer« eingeschwommen wird.

Zurück an Bord bei der Manöverkritik erkläre ich der Mannschaft die medizinischen Aspekte einer solchen Rettung: Im Falle einer Unterkühlung soll der Patient nur sehr wenig bewegt und unbedingt in einer waagerechten Position gehalten werden. Sonst mischt sich das kalte Blut der Peripherie (Außenschale), das sonst wenig an der Zirkulation teilnimmt, mit dem warmen Blut des inneren »Notfallkreislaufs«, sodass die Temperatur im Herzen weiter sinkt, möglicherweise unter 28 bis 30 Grad Celsius. Unter dieser Schwelle tritt nämlich Kammerflimmern auf, das unbehandelt schnell zum Tode führt (ungeordnete Kontraktionen der Herzmuskelfasern).

Dieses Phänomen der Blutmischung mit nachfolgendem Tod wurde erstmals nach dem Fastnetrennen 1979 bekannt, als schiffbrüchige Regattasegler von Hubschraubern senkrecht hochgewinscht wurden und im gleichen Moment verstarben (death on rescue, Rettungstod). Danach wurden Rettungskäfige entwickelt, in denen die Betroffenen waagerecht gehalten werden können.

Ich füge hinzu: »Hier in der Karibik ist die Wassertemperatur um 27 Grad Celsius. Sie können, wenn Sie bei guter Gesundheit sind, durchaus 24 Stunden im Wasser überleben, aber auf anderen Kreuzfahrten, zum Beispiel nach Alaska, wird es sehr wichtig, den Unterkühlten richtig zu behandeln.«

Nach diesem Vortrag auf der Brücke gehe ich mit Maria zum Hospital zurück.

»Mit der Unterkühlung und dem waagerechten Transport, das verstehe ich alles gut, aber ich kann Steuerbord und Backbord einfach nicht auseinanderhalten!«

»Ich erzähle dir jetzt eine kleine Geschichte, dann wirst du nie mehr Schwierigkeiten damit haben: Stell dir ein altes Wikingerschiff vor, hast du sicher schon mal im Film gesehen. Die hatten kein Steuerblatt in der Rumpfmitte an Scharnieren, sondern ein großes ›Paddel‹ an der rechten Seite am Heck. Warum rechts? Weil über 80 Prozent aller Menschen Rechtshänder sind. Jetzt stell dir vor, der Wind nimmt zu und damit der Ruderdruck. Der ›Sohn von Erich dem Roten‹ braucht jetzt beide Hände, um das Ruder zu halten, und wendet damit seinen Rücken (back) also der Backbordseite zu. Später, ausgerüstet mit Motoren und Ladebäumen, haben die meisten Schiffe im Hafen mit der Backbordseite angelegt, die dann zur ›portside‹ wurde.«

Bei der nächsten Übung steht ein Bombenalarm auf dem Programm. Um die Passagiere nicht zu verängstigen, ist das über Lautsprecher ausgegebene Codewort »Mr. Nobel« (weil der ja das Dynamit erfunden hat). Für uns und viele andere Abteilungen bedeutet es, dass wir sofort alle unsere Räume systematisch absuchen müssen. Funkgeräte dürfen nicht benutzt werden, da der Effekt der elektromagnetischen Induktion die »Bombe« hochgehen lassen könnte.

Im Hospital lasse ich Maria die Apotheke, das Erste-Hilfe-Team die übrigen Räume absuchen, während ich mir selbst die Intensivstation vornehme. Die Instruktion lautet: Erst die obere Hälfte eines Raumes im Uhrzeigersinn absuchen, dann die untere. Ich fühle mich schon etwas lächerlich, als ich die vertraute Umgebung so eingehend mustere, da sehe ich plötzlich in dem großen Abfallkorb zwischen den Betten ein Paket in der Größe eines Schuhkartons. Ich folge der Instruktion, die vorschreibt, das Areal sofort zu evakuieren und den Fund mit exakter Lokalisation der Brücke über Telefon zu melden.

»Okay«, sagt der Staffcaptain und wiederholt das gleich darauf über Lautsprecher. »Erster Teil der Übung beendet, wir treffen uns jetzt alle unten im Filmtheater des Schiffes.«

Im Ernstfall würde man jetzt auch die entsprechenden Abteilungen im Deck darüber und darunter evakuieren, die Bombe mit Sandsäcken umgeben und ein professionelles Team zur Entschärfung einfliegen lassen. In den Häfen ist es natürlich leicht, die Passagiere sofort zu evakuieren. Auf See wären sie jetzt in den Musterstationen versammelt oder schon in die Rettungsboote geschickt worden.

Froh, dass ich die »Bombe« so einfach gefunden habe – sie kann ja jetzt nicht mehr »explodieren« –, nehme ich sie aus dem Abfallkorb und bringe sie wie eine Trophäe mit in das Filmtheater, werfe sie ab und zu wie einen Ball in die Luft und fange sie wieder auf.

Captain, Staffcaptain und der größte Teil der Crew sind schon versammelt. Auf der Bühne vor der Leinwand schreitet ein Mann ungeduldig auf und ab. In der Haltung steif wie ein Ladestock, sieht er aus wie ein alter britischer Kolonialoffizier: der Terrorismusexperte, der uns jetzt einen Vortrag darüber halten wird, wie der Terrorismus auch Kreuzfahrtschiffe betreffen kann. Er ist pensionierter Oberst der britischen Armee und hat wahrscheinlich auch im Geheimdienst (MI 5) gearbeitet.

Seine Ausführungen sind keineswegs so steif wie er selbst. So schildert er unter anderem auch die Ereignisse auf der Achille Lauro im Mittelmeer. Die Terroristen hatten ursprünglich einen ganz anderen Plan, wurden jedoch vorzeitig entdeckt. Wir hören mit Erstaunen, dass Homosexuelle ganz besonders gute Wachleute sein können (quasi mit einem siebten Sinn): Einem Wachmann war aufgefallen, dass eine bestimmte Gruppe von Männern dauernd in den Kabinen hockte. Er vermutete eine Party von Homosexuellen und wollte sich der Fete schon anschließen. Doch als er die Tür öffnete, sah er sie beim Putzen ihrer Waffen. Dadurch waren die Terroristen gezwungen, das Schiff sofort zu übernehmen. Ursprünglich hatten sie wohl geplant, das zu tun, wenn das Schiff näher an den Hoheitsgewässern eines arabischen Landes sein würde.

Die Fernsehbilder gingen um die Welt, wie sie dann einen jüdischen Amerikaner im Rollstuhl erschossen und ins Meer warfen. Durch Drohungen und Verhandlungen erlangten sie zunächst freien Abzug. Sie kamen aber nicht weit, da Präsident Reagan seiner Airforce den Befehl gab, das Fluchtflugzeug auf Sizilien zur Landung zu zwingen. Leider ließen die Italiener Abdul Abbas, den Führer und Planer, entfliehen, bevor er in die USA ausgeliefert werden konnte. Er wurde 2003 im Irak gefasst und verstarb elf Monate später im Gefängnis.

Amanda: Eng, aber immer noch mehr Platz als in einer Raumkapsel!

Adieu, Brunsbüttel!

Im Boatyard in Grenada: Der braune Streifen wurde durch die Kollision mit dem Container im Atlantik verursacht.

Wenigstens zweimal Fisch pro Woche!

Amanda in Grenada unter allen Sonnensegeln.

Auf der »Vasco da Gama«:
Der Autor im »Affenjäckchen«.

Sprechzimmer im Hospital.

6. Beatmungsmarathon

Um Mitternacht klopft es an die Hospitaltür. Ich spiele gerade Schach gegen das Programm im Computer. Draußen steht eine Lady im Bademantel: »Ich möchte nur ein Spray kaufen, mein Mann ist Asthmatiker.«

»Was für eins nimmt er denn regelmäßig?«

»Weiß ich nicht, bitte geben Sie mir doch endlich was, damit ich ihm helfen kann!«

»Nein, nein, so einfach geht das nicht! Wenn er laufen kann, bringen Sie ihn sofort hierher, sonst sehe ich ihn in Ihrer Kabine!«

Ein paar Minuten später höre ich schon von Weitem das typische Giemen durch den Gang vor dem Hospital näher kommen. Ich laufe dem Patienten entgegen und dirigiere ihn sofort in eines der Intensivbetten. Giemen in der Ausatmungsphase und Brummen über allen Lungenabschnitten! Sauerstoffsättigung des Blutes, gemessen mit dem Pulsoxymeter, sehr schlecht.

Gott sei Dank, wir haben drei große Sauerstofftanks! Ich achte immer darauf, dass sie wieder sofort nachgefüllt werden, am besten funktioniert das in Curaçao. Gierig wie ein Ertrinkender den Strohhalm ergreift der Patient den Sauerstoffkatheter und die Maske. Ich lege einen Kreislaufzugang und injiziere Solucortef und Bronchien erweiternde Mittel. Ich setze mich in eine Ecke und schreibe das Protokoll auf ein Klemmbrett: was ich beobachtet und was ich gegeben habe, nebenbei immer ein Auge auf den Patienten und das Pulsoxymeter. Seine Frau sitzt neben dem Bett und hält seine Hand. Wie ich höre, sind sie auf der Hochzeitsreise. Beide sind etwa Anfang dreißig.

Es wird nicht besser! Immer verzweifelter ringt er nach Luft. Die Bronchien sind zu eng, von zähem Schleim verstopft. Die Bronchialschleimhaut ist aufgequollen. Die Frau schaut mich schon vorwurfsvoll an. Ich ergreife das Telefon und wecke die Schwester. Jetzt hilft nur noch Intubation, Absaugung und mechanische Beatmung mit dem Beatmungsbeutel, ein Respirator ist leider nicht vorhanden.

Endlich habe ich den Tubus richtig platziert und spritze etwas Adrenalin hinein, das stärkste die Bronchien erweiternde Mittel. Auch Adrenalin in einer Infusion hänge ich ihm an, muss aber sorgfältig dosieren, damit sein Blutdruck nicht zu hoch geht und eine Hirnblutung verursacht oder sein Herz zu schnell und damit ineffektiv wird. Es hat sowieso schon gegen einen hohen Druck im Lungenkreislauf anzupumpen.

Ich bin erstaunt, mit welchem Druck ich mit dem Beatmungsbeutel pumpen muss, um etwas Luft in diese Lunge zu bekommen. So einen hohen, hier aber wirklich notwendigen Beatmungsdruck habe ich vorher noch nicht erlebt!

Von der Schwester lasse ich mir den Telefonhörer ans Ohr halten. Ich erkläre dem Captain die Situation mit der Frage, ob wir vielleicht etwas schneller fahren und früher in Aruba festmachen könnten.

»Geben Sie mir ein paar Minuten, ich rufe zurück!«, sagt er.

Nun konzentriere ich mich wieder auf die Beatmung. Meine Hände werden schon etwas lahm: Ausreichend Druck, damit die Lunge effektiver belüftet wird, andererseits aber nicht zu viel Druck, damit kein Lungenbläschen reißt und ein sogenannter Pneumothorax entsteht (Luft zwischen Lunge und Rippenfell), die elastische Lunge würde an der Lungenwurzel zusammenschrumpfen und für die Atmung verloren sein. Das richtige Gefühl für diese »Atemarbeit« traue ich sonst keinem zu auf dem Schiff. Ich stelle mich geistig darauf ein, dass ich es nun stundenlang alleine machen muss, bis wir beide auf der Intensivstation des Horacio E. Oduber Hospitaal in Aruba angekommen sind.

Da ruft der Captain an: »Wir müssen uns leider an den Fahrplan halten, selbst wenn wir die Fahrt erhöhen, der Lotse in Oranjestad kann (oder will) nicht früher kommen! Ohne ihn darf ich nicht einlaufen, obwohl ich da schon 100-mal angelegt habe!«

Schöne Bescherung! Also weiter mit dem Beatmungsmarathon!

Manche Leute können den Beutel mit einer Hand komprimieren, aber die haben auch Hände wie Holzfäller, unter medizinischem Personal eher selten.

Rein zeitlich ist der Beatmungsmarathon nun längst in einen vollen Ironman-Triathlon übergegangen. Meine Arme werden lahmer und lahmer! Ich hätte doch wohl unten in der Gymnastikhalle an den Kraftmaschinen trainieren sollen, dann würde mir dies hier leichter fallen!

Die Tür zu unserer kleinen Intensivstation geht auf. Eine Frau steckt den Kopf herein und beklagt sich, dass sie schon zwei Tage keinen Stuhlgang mehr habe.

»Wann fliegen Sie denn nach Hause?«

»Na, heute, in vier Stunden!«

»Dann ist es aber keine gute Idee, vor dem Flug ein Abführmittel einzunehmen!«

Ich sage mein übliches Sprüchlein auf: »Essen Sie ballastreiche Kost, trinken Sie genug und verschaffen Sie sich Bewegung! Wenn Sie sich an Abführmittel gewöhnen, brauchen Sie immer mehr davon, und zum Schluss hilft nur noch so was wie Dynamit!«

Indigniert zieht sie den Kopf wieder ein, und die Tür schließt sich.

Meine Krankenschwester kommentiert: »Wahrscheinlich werden wir auf einer der Commentcards – Essen exzellent, Ausflüge zu teuer, Unterhaltung zu langweilig – eine schlechte Note bekommen: Als ich im Hospital um ein Abführmittel bat, bekam ich nur dumme Sprüche zu hören!«

Kein guter Service!? Dabei muss ich an eine alte Krankenschwester aus meiner Heimatstadt Bramsche denken, die sagte immer: »Was in der Jugend der Sex, das ist im Alter der Stuhlgang!«

Meine Arme werden immer lahmer. Beim Patienten ändert sich nichts – aber er ist wenigstens noch am Leben …

Endlich kommen wir in Aruba an. Das Anlegemanöver scheint mir wie eine Ewigkeit zu dauern! Aber der Krankenwagen wartet schon auf der Pier!

Doch die vordere Gangway ist zu hoch, mit einem Treppengerüst verbunden, und jetzt hoffnungslos überfüllt, da die meisten Passagiere das Schiff verlassen wollen.

Die hintere Gangway ist heute der Gepäckausgang, der Weg nach draußen durch Berge von Koffern der über 700 Passagiere blockiert. Und auf diesem liebenswerten alten Schiff sind die Fahrstühle zu klein für die Trage!

Mit dem UKW-Handfunkgerät habe ich den Sicherheitsoffizier verständigt, der mir jetzt mithilfe der Mannschaft eine enge Gasse frei macht. Während des Transportes im Schiff muss ich mich ganz schön schlank machen, um am Patienten zu bleiben, die Beatmung muss ja kontinuierlich weitergehen!

Gott sei Dank, nun sind wir im Krankenwagen auf der Pier!

»Let the music play!«

Mit Sirene und Blaulicht geht es zum einzigen Krankenhaus auf der Insel.

In der Notaufnahme wartet schon der Kollege Internist. Ich erkläre ihm kurz die Situation. Der Patient wird an ein Beatmungsgerät angeschlossen, und für mich sind sieben Stunden der Beatmung von Hand vorbei. Ich bleibe noch eine Weile, um die bestmögliche Behandlung zu diskutieren, um Fragen zu beantworten und die Röntgenaufnahme zu sehen. Kein Pneumothorax!

Als ich zum Schiff zurückkomme, berichtet mir die Krankenschwester: »Seine Frau hat mir erzählt, dass sie auf Hochzeitsreise sind. Zu Beginn des Anfalls habe sie gedacht, es wäre Leidenschaft, doch es war ja das Asthma!«

Am nächsten Tag rufe ich im Krankenhaus an, wie es dem Patienten geht.

»Viel besser, wir wollen jetzt den Tubus herausziehen!«

7. Seltsame Patienten und andere Zeitgenossen

»Gehen Sie zur Gangway, ein Passagier hatte einen Unfall!«

Dort angekommen, sehe ich ein Ehepaar, der Gentleman auf einem Stuhl sitzend, sie steht daneben. Ich schätze beide auf etwa 75 Jahre.

»Was ist denn passiert?«

»Mein Mann ist mit dem linken Fuß an einen Koffer gestoßen!«

Ich taste seine Fußknochen ab, doch als ich darangehe, die Bänder zu prüfen, bellt er plötzlich los wie ein Hund.

Erstaunt sehe ich erst ihn, dann seine Frau an.

»Ja, er war früher Psychologe und hat immer Anti-Stress-Programme entworfen …«

Obwohl ich nichts finde und der Patient auch schon wieder laufen kann, nehme ich einen »Unfallbericht« auf: drei Seiten »legal size paper« – etwas länger als DIN A4 – mit vier Durchschlägen. Die Gesellschaft versucht, sich damit gegen spätere berechtigte und noch mehr unberechtigte Ansprüche zu schützen.

Wahrscheinlich haben Sie, lieber Leser, von der Frau gehört, die McDonald's verklagt hat. Sie hatte in ihrem über 70 Jahre langen Leben nicht gelernt, dass Kaffee heiß sein kann. Dafür kassierte sie Hunderttausende von Dollars als Schmerzensgeld. Man muss wissen, dass die Rechtsanwälte in den USA ein Drittel davon einstreichen. Da die Juristen bei den Gesetzesmachern auch dort überrepräsentiert sind, wird sich dieses System wohl auf absehbare Zeit nicht verändern, und wir werden weiterhin über solche Exzesse hören.

Im Schiffshospital muss ich wieder einen Asthmafall behandeln, diesmal ist es eine etwa 70-Jährige aus New York. Die Medikation tut ihre Wirkung, ihr geht es schon viel besser. Mit dem Stethoskop horche ich die Lunge ab.

»Ganz normal jetzt«, sage ich zu ihr, »keine ›Musik‹ (Giemen und Brummen) mehr zu hören! Ich kann Sie jetzt entlassen, gehen Sie in Ihre Kabine und genießen Sie den Rest der Kreuzfahrt!«

»Nein, ich bleibe hier, meine Kabine mag ich nicht, ich habe Angst, dass ich wieder krank werde!«

»Aber ich könnte Sie täglich zwei- oder dreimal kontrollieren! Die Wege sind kurz hier auf dem Schiff!«

»Nein, ich bleibe hier!«

»Es geht Ihnen doch wieder ganz gut, wahrscheinlich brauche ich das Bett bald für den nächsten Patienten!«

»Das kümmert mich wenig, es geht hier um meine Gesundheit! Wie wollen Sie mich denn hier vertreiben, etwa mit einem Befehl der SS?!«

Ich ziehe mich zurück, um noch einen Krankenbesuch zu machen, und hoffe, dass mir inzwischen etwas einfällt, um die eigensinnige Amerikanerin zu überzeugen. Da taucht der Staffcaptain neben mir auf.

»Alles in Ordnung?«

»Nur ein kleines Problem, die Asthmatikerin will auf keinen Fall das Intensivbett verlassen, obwohl es ihr wieder ganz gut geht!«

»Ordern Sie sie schleunigst da heraus, Sie wissen doch, dass Sie die ICU für alle Fälle freihalten müssen!«

Hätte ich doch bloß nichts gesagt! Ich fühle mich wie ein gescholtener Kuli. Mein forscher Vorgesetzter weiß natürlich nicht, dass man Asthmatiker wie rohe Eier behandeln muss, sonst fangen sie sofort wieder an zu giemen!

Zurück im Schiffshospital, zeige ich der Asthmatikerin die zur Zeit leere Isolierstation. Die Wände hier habe ich kürzlich mit großen Kopien der Bilder von Henri de Toulouse-Lautrec und Vincent van Gogh dekoriert, damit die Patienten etwas Nettes zum Anschauen haben.

»Okay, hier kann ich bleiben!«

Am nächsten Tag geht sie sogar wieder in ihre Kabine.

Ein paar Tage später kommt der Staffcaptain ins Hospital. Ich fasse sofort den festen Vorsatz, dass er diesmal nichts »mitgehen« lassen darf, wie medizinische Instrumente oder Antibiotika für seine Freundinnen. Aber er möchte etwas anderes.

»Ich will, dass Sie mich krankschreiben!«

»Was glauben Sie denn, was Ihnen fehlt?«

»Na ja, ich fliege jetzt nach Hause, fühle mich nicht wohl, brauche einfach das Papier! Nun machen Sie schon!!«

Er wird weicher, der Vorgesetzte fällt von ihm ab wie ein schmutziges Uniformstück, und er verlegt sich aufs Betteln: »Wir sind doch immer Freunde gewesen, jetzt müssen Sie mir einfach helfen!«

»Tut mir leid, etwas Falsches zu attestieren ist total gegen meine Prinzipien!«

Später gehe ich zum Captain und frage ihn unter vier Augen, was passiert ist.

»Ich musste ihn feuern! Wir wussten zwar schon, dass er sich bei den Passagieren nicht immer gut benimmt, aber gestern hat er diese kugelrunde 30-jährige Dame an der Bar gefragt, wie sie bei dem Übergewicht noch Sex haben könne. Das war zu viel!! Ich feuere keinen gerne, ich wurde ja selbst einmal gefeuert! Aber auch im Main Office in Miami haben sie gesagt, ich muss ihn sofort nach Hause schicken!«

Mit der Krankschreibung wollte er also noch eine Zeit lang das Gehalt einstreichen ...

Am nächsten Morgen sehe ich eine 45-jährige Amerikanerin in der Sprechstunde. Sie trägt Freizeitkleidung in einem seltsamen violetten Farbton. Der Kopf ist fixiert mit einem wattierten medizinischen Kragen, der sie nur geradeaus schauen lässt. Ich will sie schon fragen, ob sie ein sogenanntes Schleudertrauma habe, wie bei einem Auffahrunfall, da wird mir aber klar, dass etwas anderes vorliegen muss, denn der Kragen ist ungewöhnlicherweise in dem gleichen violetten Farbton gehalten wie die übrige Kleidung. Sie trägt ihn schon seit zwei Monaten, erzählt sie mir, weil sie sich immer schwächer fühlt und den Kopf nicht mehr aufrecht halten kann. Dazu hat sie neuerdings immer einen trockenen Mund und Blasenstörungen. Sie spricht und bewegt sich wie ein Roboter – nein, hier in der Karibik ist Zombie das richtige Wort!

Angestrengt überlege ich, welche mehr oder weniger seltenen Nervenkrankheiten es gibt und was ich jetzt bei der neurologischen Untersuchung besonders beachten muss. Da fällt mir ein, dass die Patientin ja Amerikanerin ist, die nehmen manchmal über zehn verschiedene Medikamente gleichzeitig. Ich frage sie nach ihrer regelmäßigen Medikation und schreibe alles sorgfältig auf. Hier scheinen die Nebenwirkungen eine Rolle zu spielen.

Tatsächlich! Mit dem Nebenwirkungsprofil von drei verschiedenen Psychopharmaka lässt sich der Zustand der Patientin mühelos erklären. Da man abruptes Absetzen bei diesen Mitteln vermeiden muss, mache ich einen Plan zur Dosisreduktion, und am nächsten Tag verschwindet auch schon die Blasenstörung.

Sechs Tage später, am letzten Tag ihrer Kreuzfahrt, sehe ich die Patientin an Deck ohne ihren albernen violetten Kragen. Sie bedankt sich noch einmal ganz herzlich, und das Schönste ist zu hören: »Jetzt werde ich meine Gesundheit selbst kontrollieren, vernünftig leben und mich nicht mehr auf Tabletten verlassen!«

Eines Morgens, wir haben gerade in St. Lucia angelegt, bekomme ich den »Besuch einer alten Dame«. Sie ist über achtzig, aber grell geschminkt, das Make-up ist so dick aufgelegt, dass man es schon »paniert« nennen kann. Sie klebt sich regelmäßig ein Östrogenpflaster auf. Gewandet ist sie wie »Lady Midnight« und erinnert sofort an Halloween, obwohl das erst wieder in einem halben Jahr auf dem Kalender steht. Schwer trägt sie an ihrem Goldschmuck; Ringe, Armbänder und Halsketten signalisieren, dass Geld für sie kein Problem ist. Doch sie fühlt sich sehr depressiv.

»Ich glaube, mein Psychiater hat mir zu wenig Medikamente gegeben, können Sie mir nicht einen guten Doktor hier auf der Insel empfehlen?«

Die Situation ist nicht ohne Komik. Da will doch die Frau tatsächlich dem Kollegen, der hier fast nur mit Armut und Kriminalität zu tun hat, vorweinen, wie unglücklich sie ist! Ich checke ihre Medikation. Zwei Antidepressiva sind schon bis zum Maximum dosiert. Außerdem scheint Depression gar nicht das Problem zu sein, wie sich nach längerem Gespräch herausstellt. Sie will einfach ihr Alter nicht akzeptieren. Der Druck der Medien, der Werbung, der ganzen Gesellschaft in ihrem Umfeld ist so stark, dass viele Leute nicht mehr in Würde altern können und es daher zu diesen bizarren Auswüchsen kommt.

Das Telefon klingelt, die Rezeption: »Gehen Sie bitte in den Showroom, eine ältere Dame ist gestürzt!«

Fünfuhrtee mit Kapelle und Tanz. Neben der Tanzfläche sitzt die 70-Jährige auf einem Stuhl. Der Ehemann hält ihre Hand. Die Band spielt noch einen Wiener Walzer.

»Was ist passiert?«

»Wir haben uns flott gedreht, dabei ist mir meine Frau aus den Händen gerutscht und auf den Boden gefallen!«

»Ich bin auf die rechte Hüfte gestürzt, es tut sehr weh, ich kann weder stehen noch laufen!«

Das rechte Bein erscheint drei Zentimeter kürzer, klarer Fall: Schenkelhalsfraktur! Das Schiff hat gerade Barbados verlassen, somit entfällt die Möglichkeit einer schnellen Klinikeinweisung. Mithilfe der Krankenschwester und einiger Crew-Mitglieder bringen wir die Patientin auf der Trage in ihre Kabine. Ich mache einen Plan für ausreichend Schmerzmittel und Thrombosevorbeugung, natürlich auch Krankengeschichte, übrige körperliche Untersuchung, Unfallbericht mit vier Durchschlägen.

Zur Zeit haben wir kein Röntgengerät an Bord. Das ist aber kein großer Nachteil, da wir fast jeden Tag einen Hafen anlaufen. In einem Notfall, zum Beispiel Herzinfarkt, sind andere Dinge zuerst wichtiger.

Auf der nächsten Insel begleite ich Patientin und Ehemann zu einer »Privatklinik«. Es stellt sich heraus, dass diese noch größtenteils aus einer Baustelle besteht. Aber wir können wenigstens die nötigen

Röntgenaufnahmen machen, die die Fraktur bestätigen. Hier kann ich die Patientin keinesfalls zurücklassen. Das öffentliche Krankenhaus der Insel ist aber noch schlimmer. Überfüllt und primitiv, erinnert es an afrikanische Verhältnisse, das ist mir von früheren Besuchen her bekannt. Also auch keine Lösung! Bleibt die Möglichkeit, die Patientin mit dem Flugzeug in ihre Heimat zu transportieren. Aber der Weg zum internationalen Flughafen hier auf der Insel führt auf sehr holperigen Straßen quer über die hohen Berge zur anderen Seite; die Patientin würde stundenlang durchgeschüttelt werden, im jetzigen Zustand mit ihrer Fraktur eine für sie sehr anstrengende und schmerzenreiche Fahrt.

»Ich halte es für das Beste, dass ich Sie wieder mit auf das Schiff nehme! Von Aruba aus können Sie dann zurück in die USA fliegen.«

Nachdem ich auch dem Ehemann die problematische Lage ausführlich erklärt habe – die Zustände hat er ja auch teilweise selbst gesehen – stimmen mir beide zu, dass der Heimtransport von der nächsten Insel aus, wo der Flughafen leicht erreichbar ist, die unter diesen Umständen bestmögliche Lösung ist. Und so geschieht es dann.

Ein halbes Jahr später treffe ich Larry Floss, den geschäftsführenden Manager aus unserem Büro in Miami, auf dem Schiff.

»Erinnern Sie sich noch an diesen Unfall auf der Tanzfläche?«, fragt er mich.

»Klar, ich konnte gar nicht anders handeln und die Patientin bis Aruba an Bord behalten!«

»Raten Sie mal, was passiert ist!«

»Sie haben natürlich geklagt, ist ja der Nationalsport in den Staaten! Wie ist der Prozess ausgegangen?«

»Der Richter hat gesagt, Sie hätten die Patientin auf der ersten Insel absetzen müssen, hat ihr 12.000 Dollar zugesprochen. Ich kenne aber die lokalen Verhältnisse auf der besagten Insel, darum habe ich mich in unserem Büro dafür eingesetzt, dass Sie nicht gefeuert werden.«

»Vielen Dank für Ihr Verständnis!«

Anruf vom Hotelmanager: »Es ist nicht direkt Medizinisches, aber ich brauche Ihre Hilfe. Kommen Sie doch bitte sofort in mein Büro!«

Klingt ja seltsam. Gespannt mache ich mich auf den Weg. Durch die Glastür sehe ich, wie der Hotelmanager händeringend mit einem aufgeregten beleibten Passagier diskutiert. Vor ihnen auf dem Tisch steht ein normal gefülltes Weinglas.

»Hi, Doc, das ist Rechtsanwalt Dunn aus Chicago …«

Ehe er ausreden kann, unterbricht der ihn auch schon: »Doc, ich brauche Sie als Zeugen und wahrscheinlich auch Ihre Hilfe!«

»Für was denn?«

»Na, sehen Sie denn nicht die Scherben hier am Grunde des Weinglases?! Ich habe davon getrunken, das muss ja zu einer inneren Blutung führen!«

Ich nehme das Glas näher in Augenschein, stecke sogar den Finger hinein, um die »Scherben« zu ertasten.

»Aber das ist doch die ganz normale Weinsäure, besser gesagt, das Salz der Weinsäure!«

»Habe ich auch schon versucht, ihm zu erklären«, sagt der Hotelmanager verzweifelt.

»Ach was, das gibt es bei uns in den Staaten nicht, da bekommen Sie immer reinen Wein eingeschenkt. Dies hier sind ganz offensichtlich Scherben! Ich werde Sie wegen fahrlässiger Körperverletzung verklagen!«, droht er dem armen Hotelmanager, der seinen Blick flehentlich zum Himmel gerichtet hat.

»Lassen Sie aus dem Stauraum doch ein paar weitere Flaschen dieser Sorte holen«, schlage ich vor.

Der eingeschaltete Barmanager kommt mit einer Kiste Wein zurück. Fast alle Flaschen zeigen den typischen Bodensatz der Weinsäure, über den sich in Europa kein Mensch aufregen würde.

»Das zeigt nur das ganze Ausmaß der Schweinerei!«, beharrt Mr. Dunn. »Ich nehme eine Flasche als Beweismittel mit! Sie und Ihre Gesellschaft werden noch von mir hören!«

Wir zucken mit den Schultern. Manche treiben ihren Nationalsport ja wirklich bis ins Extreme! Allerdings haben wir nie wieder etwas von diesem Zeitgenossen gehört.

So versuchen immer wieder Passagiere, mit ausgefallenen Beschwerden Preisnachlässe oder sogar kostenfreie Kreuzfahrten zu erhalten.

Die Sprechstunde ist gerade zu Ende, da erscheint noch ein Passagier, so in den Fünfzigern, etwas Übergewicht, mittelgroß, ein breites Lächeln auf dem runden Gesicht. Er kommt mir irgendwie bekannt vor. Jetzt stellt er eine Kiste mit kubanischen Zigarren auf meinen Schreibtisch. Angestrengt krame ich in meinem Gedächtnis, ich sehe ja wöchentlich Hunderte von neuen Gesichtern. Da fällt mir ein: »The crazy judge! Der verrückte Richter aus Detroit!«

Nach herzlicher Begrüßung setzen wir uns und lassen die Ereignisse, als ich ihn zum ersten Mal auf dem Schiff sah, Revue passieren: »Erinnern Sie sich noch, wie ich damals durch das Glasdach gefallen bin? Ich wollte vom Balkon über das Dach zur Kabine meiner Geliebten klettern – jetzt kann ich es ja verraten –, aber ich war zu schwer für das Glas …«

Ja, dann brach er durch und landete nach einem freien Fall von drei Metern auf dem Rücken, ein Deck tiefer. Ich war sofort zur Stelle und äußerst besorgt, da er zuerst Arme und Beine nicht bewegen konnte. Wir lagen zu der Zeit gerade in Aruba. Wie ein rohes Ei haben wir ihn zum Computertomogramm in das dortige Krankenhaus transportiert. Ich war auf ein Ergebnis gefasst wie bei Superman Christopher Reeve. Aber es wurde festgestellt: Keine Frakturen! Als ich ihm diese erfreuliche Mitteilung machte, sprang er von der Trage und joggte zum Erstaunen aller Anwesenden fröhlich in der Röntgenabteilung umher, sodass es wie eine Wunderheilung erschien.

»Jetzt bin ich hier mit meiner vierten Frau auf Hochzeitsreise, will es eben noch mal versuchen!«, erklärt er.

»Ich hoffe, Sie meinen die Ehe und nicht das Glasdach!«

8. Vergiftungen

Ungeduldig wartet Ottokar, der als Kellner arbeitet, vor der Hospitaltür.

»Seit drei Wochen fühle ich mich nicht mehr wohl! Ich bin immer schwach und müde, habe Kopfschmerzen! Irgendwas im Speisesaal macht mich krank!«

Die Beschwerden werden in sehr dramatischer Art und Weise vorgetragen. Für mich klingt das ziemlich psychosomatisch, aber ich denke, dass es besser ist, vorsichtshalber einige Untersuchungen durchzuführen, bevor ich das als offizielle Diagnose ausgebe. Also körperliche Untersuchung, neurologische Untersuchung, EKG, Lunge röntgen, abdominelle Ultraschalluntersuchung und Labor – alles unauffällig.

Ottokar akzeptiert das nicht.

»Ich fühle mich krank! Ich bin krank! Was sind Sie für ein Doktor, dass Sie die Ursache nicht finden können! Ich werde irgendwie im Speisesaal chronisch vergiftet!«

»Aber Ottokar, deine Kollegen sind ja alle quietschfidel, das spricht doch gegen deine Behauptung!«

»Mein Zimmergenosse hatte gestern auch Kopfschmerzen!«

»Bist du sicher, dass es kein Kater war? Nach dem Midnight-Buffet trinkt ihr doch meistens noch ein Gläschen oder mehrere, bevor ihr schlafen geht!«

»Im Speisesaal habe ich zur Zeit zehn Rechtsanwälte aus meinem Land zu bedienen! Mit denen komme ich auf die Sache zurück und verklage Sie und die ganze Gesellschaft!«

Später bespreche ich den Fall mit Ottokars Boss, dem Hotelmanager.

»Er hat sich mir gegenüber auch sehr schlecht benommen, hat gedroht, mich zu verklagen«, bestätigt dieser, »aber von seinen Kollegen habe ich erfahren, dass er sein ganzes Gehalt vom letzten halben Jahr im Kasino auf einer der Inseln verloren hat. Klar, dass er danach verrückt spielt! Wegen seines Betragens müssen wir ihn noch heute entlassen!«

Also, bei Erhebung der Krankengeschichten muss ich jetzt wohl auch noch fragen: »Wie viel haben Sie in letzter Zeit im Kasino verspielt?«

Doch meistens ist die Diagnose leichter als in Ottokars Fall. Drei Stewards, João, Paulo und Joaquin, kommen gemeinsam in die Sprechstunde:

»Es ist verrückt, seit wir den großen Barrakuda auf der letzten Insel geangelt und gegessen haben, kribbelt es am ganzen Körper. Wenn wir etwas Heißes anfassen, fühlt es sich kalt an, umgekehrt, wenn wir in die Eisbox greifen, fühlt es sich warm an.«

Klarer Fall von Ciguatera! Keine andere Krankheit hat diese Art der Umkehr von Warm- und Kaltempfindung. Ciguatera ist eine Fischvergiftung, die in tropischen Gewässern auftritt, verursacht durch ein Algengift, das sich in der Nahrungskette anreichert, also in größeren Fischen größere Konzentrationen erreicht. Genauer gesagt, Ciguatoxin wird von einem Mikroorganismus produziert, der auf Algen lebt, dem Gambierdiscus toxicus. Die Algen existieren aber nur auf den Riffen, auf hoher See gefangene Fische sind frei davon. Besonders im Pazifik ist diese Fischvergiftung nach Baggerarbeiten, Taifunen, Erdbeben und nach Atombombenversuchen häufiger aufgetreten, also immer, wenn die Algen vom Grund aufgewirbelt worden sind.

Die Einheimischen glauben einige Tricks zu kennen, die ihnen verraten, ob der betreffende Fisch essbar ist, zum Beispiel, ob die Fliegen ihn meiden oder lieben oder ob sich eine Münze verfärbt oder nicht. Das ist alles Hokuspokus und funktioniert nicht! Das Institut Oceanic Test Systems, Inc. in Honolulu auf Hawaii hat einen Test entwickelt, den Cigua-Check, der Ciguatoxin im Fisch aufspüren kann.

Das Gift kann so stark sein, dass die Patienten daran versterben. Ein Gegengift gibt es bis jetzt nicht. Es wurde berichtet, dass Mannitol die Lage verbessern kann, wenn es früh genug gegeben wird. Also zu spät für unsere drei Freunde, die sich glücklicherweise nur eine milde

Vergiftung zugezogen haben. Eine andere Behandlung gibt es nicht. Ich kann sie nur trösten, dass die Symptome nach einigen Wochen von selbst verschwinden werden. Diese maritimen Toxine kleben eben sehr lange an den Nervenendigungen. Auch bei ähnlichen Vergiftungen wie der folgenden.

Stolz kommt Jacques, der französische Oberkellner, in Martinique vom Landgang zurück und präsentiert einen Sack voll Austern.

»Den habe ich auf dem Markt gekauft für mein Abschiedsessen morgen Abend, bevor ich in Urlaub gehe. Das wird ein Festessen – superb –, nach dem ihr euch noch lange die Finger lecken werdet! Ich kenne da ein spezielles Rezept für Austern.«

Captain, Staffcaptain, Chefingenieur, Hotelmanager, die Zahlmeister und die Hälfte des Diningroom-Personals sind eingeladen. Mich selbst bewahrt ein gütiges Schicksal vor diesem Festessen, von dem auf diesem Schiff noch lange die Rede sein wird. Mit einem Notfall im Hospital habe ich eine gute Ausrede, um nicht teilnehmen zu müssen.

Am nächsten Morgen sind alle oben genannten Personen – einschließlich drei weitere Leute vom Küchenpersonal, die von der Delikatesse genascht haben – sehr zurückhaltend, ihre Kabinen zu verlassen. Ein schwerer Brechdurchfall zwingt sie, ihre Toilette in Sichtweite zu halten. Drei von ihnen erbrechen so häufig, dass ich ihnen eine Infusion anhängen muss. Über Satellitentelefon nehme ich Rücksprache mit der Vergiftungszentrale in Miami, der eigentlichen Hauptstadt der Karibik. Man bestätigt nur, dass es sich um ein Saxitoxin, ein Algengift aus Austern, handelt und dass es ein spezifisches Gegengift bis jetzt nicht gibt.

Die meisten Opfer fühlen sich noch eine Woche lang sehr schwach. Ich kann sie nur symptomatisch behandeln und sie trösten, dass sie bestimmt überleben werden. Jacques befindet sich unterdessen auf Urlaub in Paris, und das ist auch besser so! Die vielen Verwünschungen der Opfer hätten seinem eitlen Ego doch einen schweren Knacks versetzen können …

Es gibt noch andere Delikatessen, die ein medizinisches Nachspiel verursachen können. Griechische Osterfeier: Auf dem höchsten Deck hinter dem Schornstein wird ein Lamm am Spieß gebraten. Es ist Sonntag. Wir liegen im Hafen von Aruba, kaum ein Passagier an Bord, die neuen kommen erst nach 20 Uhr vom Flugplatz. Über uns flattert ein riesiges Sonnensegel im Wind, der hier auf der Insel entweder stark oder sehr stark ist. Südlich von Aruba erstreckt sich eine zu Venezuela gehörende wüstenhafte Halbinsel, über der die heiße Luft aufsteigt und ein Niederdrucksystem unterhält. Da wir noch auf der Nordhalbkugel sind, dreht sich der Wind linksherum und verstärkt den Passatwind über Aruba, der windigsten Ecke in der Karibik.

Hoch auf dem Deck – hier muss man schon aufpassen, dass der Wind einem nicht das Essen vom Teller bläst, aber wenigstens macht er die Hitze erträglicher.

Etwa 20 Griechen, unter ihnen der Captain, Chefingenieur und Chefelektriker, dazu zehn weitere geladene Gäste, umkreisen das Lamm am Spieß und schnuppern erwartungsvoll. Griechische Musik erschallt aus den Lautsprechern. Die Aktiven sammeln sich im Kreis und drehen sich im Sorbastanz. Im Hintergrund flimmert die Postkartenansicht von Oranjestad in der Hitze des Tages. Ich kann die Umrisse der Insel erkennen; wir könnten jetzt genauso gut in Paxos, Sifnos oder Rhodos sein.

Jemand hat das Klimbimbim der Musik leiser gestellt. Erschöpft und mit Heimweh im Blick lassen sich die griechischen Landsleute auf die Stühle an den gedeckten Tischen fallen. Die Servietten kommen zum Abtrocknen des Schweißes auf der Stirn sehr gelegen. Jetzt wird serviert. Das Lammfleisch ist zart und der Salat mit bestem Olivenöl zubereitet.

Da wird mir plötzlich als besondere Delikatesse ein Stück Gehirn des Lamms unter die Nase gehalten. Unwillkürlich muss ich an meine anatomischen Studien in Freiburg im Breisgau denken, als wir einmal an einem Nachmittag ein menschliches Gehirn zerlegten. Dann taucht das Bild eines Krankenzimmers im alten Krankenhaus Emmendingen bei Freiburg in meiner Erinnerung auf: Vor der Tür erklärte ich dem Chefarzt an diesem Tag, dass wir bei einer Patientin soeben einen Hirntumor diagnostiziert hatten. Wir waren etwas spät mit der Visite. Das Essen wurde schon ausgeteilt, eine örtliche Spezialität, Gehirnsuppe, in der einige Stücke schwammen, ich konnte noch gut einen Querschnitt des Hypothalamus erkennen. Wie lautete der Kommentar des Chefs dazu? »Abramakabra«, sagte er nur.

Mit einigen höflichen Worten lasse ich die Delikatesse vorbeigehen. Sie landet auf dem Teller des Chefelektrikers neben mir. Georgos verschlingt diese Portion und dann noch eine weitere. Wenn das man gut geht!

Mit einigen Ouzos, noch mehr Musik, Sirtaki und dem nach griechischer Sitte üblichen Zerschlagen der Teller auf dem harten Stahldeck klingt der Nachmittag aus.

Sie ahnen es schon: Am nächsten Morgen kommt Georgos mit einem akuten Gichtanfall in die Sprechstunde. Die Hirnsubstanz enthält reichlich DNS (Desoxyribonukleinsäure = Träger des genetischen Programms), die über Nacht in seinem Stoffwechsel in Harnsäure umgewandelt worden ist und sich an den Gelenken abgelagert hat.

Die Behandlung besteht aus Allopurinol, einer chemischen Substanz, die den Harnsäurespiegel senkt, und Colchicin, einer rein pflanzlichen Substanz, die die Makrophagen blockiert (Makrophagen sind Zellen des Immunsystems, die bei der Auslösung des Schmerzes in den Gelenken eine Rolle spielen). Dann natürlich Diät: Einschränkung des Alkoholkonsums, Vermeidung aller tierischen Produkte, die viel DNS enthalten, wie Gehirn, Leber, Nieren und rotes Fleisch.

Wenn Patienten im akuten Gichtanfall leiden, tröste ich sie häufig mit der Bemerkung, die Gicht scheine eine Krankheit der intelligenten Menschen zu sein, denn es drehe sich hier um den DNS-Stoffwechsel. Und es sei historisch belegt, dass sie die Krankheit der Könige war. (Einfach doch deshalb, weil diese im Wohlstand lebten, und das einfache Volk dagegen kaum die Möglichkeit hatte, die obigen Regeln der Diät zu verletzen, die damals natürlich noch nicht bekannt waren.) Wie bei vielen Krankheiten spielt aber auch eine genetische Disposition die Hauptrolle.

Georgos und viele andere Mitglieder der Mannschaft bitten mich häufig um Austeilung von Vitaminkapseln, wie Kinder, die gierig auf Bonbons und sonstige Süßigkeiten sind. Sie leben unter der Vorstellung, dass Vitamine für nahezu alles gut sind, wie zum Beispiel, die Schäden des Rauchens wieder auszugleichen oder ihr Schwächegefühl wie Antriebslosigkeit wegen der eintönigen Routine an Bord zu beseitigen. Viele von ihnen sind schon in den USA gewesen, wo fast jeder auf Vitamine und Supplemente fixiert ist. Die Amerikaner scheinen unfähig zu sein, noch irgendetwas auf natürliche Art und Weise zu tun, alles muss irgendwie manipuliert werden.

Die Tatsache, dass ein kompliziertes System wie der menschliche Organismus sehr leicht gestört werden kann durch ein Defizit eines oder mehrerer Faktoren, ist keineswegs eine Bestätigung für die Behauptung, dass ein Übermaß dieser Faktoren automatisch von Nutzen sei, erkläre ich diesen Mannschaftsmitgliedern.

»Was wäre, wenn der Chefingenieur anfangen würde, mehrere Löcher in die Turbinen zu bohren, um sie kurz darauf mit Schrauben und Muttern wieder zu verschließen? Schrauben und Muttern sind im Prinzip notwendig, um die Maschine zusammenzuhalten, aber braucht sie deshalb ein Übermaß davon? ›The chief went nuts, crazy, verrückt‹, würdet ihr sagen. Jetzt überlegt euch doch einmal die Sache mit den Vitaminen.«

Es ist also viel besser, eine gemischte Kost mit ausreichend Salaten und Früchten zu essen, als den Vitaminkapseln und der Werbung zu vertrauen. Man kann höchstens darüber diskutieren, ob ältere Menschen von Vitamin E als Antioxidans profitieren könnten.

9. Grenada

Inzwischen sind für mich 16 Monate auf dem Kreuzfahrtschiff vergangen. Ich kann Ihnen, lieber Leser, nur die interessanten Begebenheiten schildern, das andere ist langweilige Routine. Wenn Sie mich nach einer Kurzformel fragen, die das Leben für die Crew an Bord charakterisiert, würde ich sagen: Es ist wie beim Militär, einerseits wegen der strengen Hierarchie, der sich jeder unterwerfen muss – der Kapitän ist auch nur Befehlsempfänger der Gesellschaft, der Eigentümerin des Schiffes –, und andererseits, weil man nicht gehen und kommen kann, wann man will. Weil so viele Menschen auf relativ engem Raum leben, ist für die Mannschaft alles bis in die Einzelheiten geregelt.

Aber die Vasco da Gama / Seawind Crown ist für ihr gutes Betriebsklima bekannt. Leute, die das Schiff in der Hoffnung verließen, auf anderen Schiffen bessere Bedingungen zu finden, kamen reumütig zurück. Captain, Staffcaptain, Chefingenieur und Hotelmanager, die das innere Führungsgremium eines amerikanischen Kreuzfahrtschiffes bilden, waren hier bis jetzt fast immer kompetent und wussten, wie weit man mit dem Druck auf die Mannschaft gehen darf. Im Schiffshospital hat man ein gutes Bild von der Situation, weil es wie ein Ventil dafür ist. Wenn diese Menschen mit ihren Vorgesetzten an den einzelnen Arbeitsstellen nicht zurechtkommen, bleibt ihnen nur die vorzeitige Kündigung ihres Arbeitsvertrages oder Flucht in die Krankheit. Während der letzten Monate hat sich alles in Grenzen gehalten, wir haben keine Leute gehabt, die kleine Napoleons oder Sklaventreiber spielten.

Außerdem muss ich im Rückblick anerkennen, dass auch die Gesellschaft mit Sitz in Miami das Schiff bisher in ausgezeichneter Art und Weise geführt hat. Das Angebot der Reisen ist attraktiv, Passagiere und Mannschaft sind im Ganzen zufrieden. Notwendige Reparaturen und Wartungsarbeiten sind nicht vernachlässigt worden. Im Hospital gibt es genug Medikamente und Geräte, auch solche, die man selten braucht, aber für Notfälle bereithalten muss, wie Heparin, Streptase, seltene Antibiotika, weitere Medikamente für Intensivmedizin, Defibrillator und so weiter.

Eines Tages kommt der Captain mit Herzrhythmusstörungen zu mir ins Hospital. Das EKG zeigt einige ventrikuläre Extrasystolen. Sie sind nur ein Symptom, sie können eine gravierende Herzkrankheit anzeigen, müssen es aber nicht notwendigerweise; auch völlig gesunde Menschen können manchmal Extrasystolen haben, die als Herzstolpern empfunden werden, wie bei unserem Captain. Aber er macht einen gestressten Eindruck.

»Was ist denn passiert?«

»Potamianos, der jetzige Besitzer, will das Schiff verkaufen, wahrscheinlich werden wir Griechen dann einfach von der neuen Gesellschaft gefeuert!«

»Abwarten und Tee trinken!«, beruhige ich ihn, »wahrscheinlich ist es nur ein Gerücht.« Im Stillen überlege ich, dass ich bei dieser Gelegenheit auch Urlaub nehmen könnte, der mir nach 16 Monaten ununterbrochener Arbeit jetzt wirklich zusteht.

Also verlasse ich die Vasco da Gama / Seawind Crown in Grenada und richte mich wieder auf *Amanda* ein, die brav auf dem Trockenen im Boatyard Spice Island Marina in der Prickly Bay auf mich gewartet hat. Kein langer Aufenthalt am Flugplatz, kein »lost luggage« (verlorenes Gepäck), keine Möglichkeit der Strandung auf irgendeinem fremden Airport, einfach ins Taxi und 15 Minuten später auf meinem Boot – eine schöne Form der Unabhängigkeit!

Ich brauche ein paar Tage, um an Bord alles durchzuchecken: den Motor warten, Rost beseitigen, *Amanda* unter neue Farbe bringen. Die Arbeit macht Spaß in Erwartung der neuen Urlaubsziele. Wenn es mir zu heiß wird oder wenn ich mich schmutzig fühle, springe ich zwischendurch einfach ins Wasser der Prickly Bay, nur 20 Meter entfernt.

Endlich hängt *Amanda* im Portalkran. Ich bleibe an Bord, der Kranführer lässt sie vorsichtig zu Wasser. Es ist eine gute Angewohnheit, das Boot noch eine Weile in den Gurten des Krans zu lassen und unter die Bodenbretter und den Motor zu schauen, ob von irgendwoher Wasser eindringt. Alles trocken, alle Borddurchlässe wie Echolot, Toilette, Kühlwasseransaugung, Auspuff und Sumlog (Geschwindigkeitsanzeige) sind dicht! Ich gebe dem Kranführer das Okay-Zeichen. Nun werfe ich die Leinen los und fahre zum nahen Ankerplatz.

Grenada ist eine hohe grüne Insel, auf der es genug Regenwasser gibt, das öffentliche Wasserversorgungssystem lässt jedoch zu wünschen übrig. Entweder ist nicht genug Druck in den Rohren oder das Wasser ist nicht sauber und muss erst desinfiziert werden. Ich schneide eine vier mal sechs Meter große Plane zurecht und bringe sie zum Segelmacher, der alles in konkaver Form zusammennäht. In die Mitte kommt ein Loch für einen Borddurchlass mit Schlauch. An zwei gegenüberliegenden Seiten werden die beiden Spinnakerbäume eingeschoben. Das Ganze wird zwischen dem Mast und den beiden Achterstagen aufgehängt: Alles klar zum Wasserauffangen! Es funktioniert großartig. Ich muss mich jetzt während der Regenzeit nicht mehr mit Wasserkanistern abschleppen.

Man könnte glauben, das Regenwasser in der Karibik sei zu 100 Prozent sauber, das stimmt jedoch nicht! Man hat tatsächlich Spuren von Kameldung aus der Sahara mit verschiedenen Sporen von Bakterien und Pilzen nachgewiesen. Also füge ich immer etwas Silbernitrat und Chlor hinzu und habe somit niemals Schwierigkeiten mit dem Trinkwasser gehabt. Als Material für die Tanks würde ich nur rostfreien Stahl akzeptieren. Einen Watermaker habe ich bisher noch nicht angeschafft. Dieses Gerät macht aus Salzwasser Süßwasser via Umkehrosmose, es presst das Salzwasser durch eine Membran. In der Karibik braucht man es nicht unbedingt, aber zum Segeln im Pazifik würde ich schon die 2000 Dollar dafür ausgeben.

Abends treffe ich mich mit anderen Seglern beim »Sundowner« zur »Happy Hour«, halber Preis für Getränke an der Bar. Hier werden auf internationaler Basis eifrig alle Aspekte des Fahrtensegelns diskutiert, zum Beispiel über die Frage: Welches Bootsbaumaterial ist das beste für Fahrtenyachten?

Regattaboote sind übrigens eine ganz andere Sache; Regattasegeln und Fahrtensegeln sind so verschieden wie 100-Meter-Sprinten und Wandern. Es gibt zwar Regatten für Fahrtenyachten, allerdings sind das mehr soziale Ereignisse.

Durch Zufall lerne ich einen Segler kennen, der wie ich einen treibenden Container im Atlantik gerammt hatte. Er ist heilfroh, dass er auf einem Stahlschiff war …

Wenige schwören auf Holz. Ich treffe Donald Street, der viele Reiseführer für Segler in der Karibik geschrieben hat, alle guten Ankerplätze hier kennt und – wie er sagt – auf jedem Riff schon einmal »aufgebrummt« ist. Zur Zeit befindet er sich in einer Phase »back to basics« nach der Devise: Was man nicht hat, kann auch nicht kaputtgehen oder Schwierigkeiten machen! Neben seiner berühmten motorlosen Holzyacht »Iolaire«, die jetzt auf die 100 Jahre zusteuert, hat er sich ein kleines Holzboot mit Kajüte gebaut, das leicht zu handhaben ist. Segel, Ruder, Petroleumkocher und -lampen, alles andere ist für ihn überzüchtete Technik. Er selbst läuft barfuß herum, trägt aber noch Shorts und T-Shirt und keinen Lendenschurz.

Die Besitzer von Aluminiumbooten scheinen durchweg zufrieden zu sein. Seit die Legierungen auch Mangan enthalten, hört man kaum noch Klagen über Korrosion. Allerdings muss man sehr sorgfältig bestimmte Regeln beachten, die sich aus der Spannungsreihe der Metalle ableiten, und alles mit Zink-Opferanoden sichern. Ein Eigner ist mit seiner Angst vor elektrolytischer Korrosion wohl etwas zu weit gegangen: Er hatte alle Teile des Schiffes mit empfindlichen Voltmetern verbunden, um auch kleinste Kriechströme aufzuspüren. Diese Geräte lösen dann jeweils eine Alarmanlage aus, die mehrmals am Tage und auch in der Nacht losgeht. Trotz der »Happy Hour« scheint mir dieser Skipper doch sehr nervös zu sein.

Ein französischer Segler erzählt stolz von seiner Kollision mit einem Tanker, die er in seinem Aluminiumboot überlebt hat. Er war gerade dabei gewesen, sein Essen zuzubereiten, da kam der Mast herunter. Die Ankerhalterung am Bug war verbogen, aber keine weiteren Schäden. Da man ja so viel von französischer Küche hört, frage ich ihn, was er da denn gerade zubereitet habe. »Nur ein Omelett«, sagt er kleinlaut.

Viele Segler mit Kunststoffbooten wissen über die langwierigen Zeiten im Boatyard zu berichten, die sie mit dem Ausbessern ihrer Osmoseschäden verbracht haben. Das Problem tritt hier in der Karibik viel eher zu Tage, da die Temperaturen höher sind, der Salzgehalt des Wassers sehr hoch ist, die Boote ganzjährig im Wasser liegen.

Insgesamt muss ich sagen, dass ich bei diesen Gesprächen mehr gelernt habe als durch Bücher und Zeitschriften, da diese Segler keine Theoretiker sind, die ihr Boot mal am Wochenende oder im Urlaub bewegen, sondern dauernd an Bord leben und ohne kommerzielles Interesse ihre Erfahrungen weitergeben.

Amanda ist also wieder seeklar, jetzt fehlt nur noch die Crew, denn ich bin kein fanatischer Einhandsegler. Ich hole Sibylle, eine nette Journalistin aus Rio de Janeiro, vom Flughafen ab. Ich habe sie auf der Vasco da Gama kennengelernt. Wir haben vor, unseren Urlaub gemeinsam zu verbringen und verschiedene venezolanische Inseln zu besuchen. Später wollen wir nach Aruba segeln. Mit dem Passatwind im Rücken erwarte ich keinen harten Törn. Umgekehrt, gegen Wind und Strom, wäre das anders, das mache ich vielleicht allein im nächsten Urlaub.

Sibylle ist eine sehr gute Lehrerin für Portugiesisch und Spanisch, sie ist immer fröhlich und wird nie seekrank. Zunächst bringe ich ihr die Grundzüge des Segelns bei, und zwar im Bananaboot. Dieses ist mein zweites Dingi, ein kleines Beiboot mit dem Hauptvorteil, dass man es leicht an der Reling stauen kann. Platz für ein Beiboot zu finden ist immer ein Problem, wenn man keine Davits hat, zwei kranartige Arme am Heck, zwischen denen das Beiboot hängt. Weitere Vorteile des Bananabootes sind, dass man es segeln und rudern kann. Die

Nachteile bestehen darin, dass es sehr leicht kentert und dass beim Schleppen oder in rauer See Wasser ins Boot kommt.

Als zweites Dingi ist es ganz in Ordnung, man kann viel Spaß damit haben. Das fängt schon beim Aufbauen an: Wenn man die vier Plastikteile, aus denen der Rumpf des Bootes besteht, auseinanderfaltet und nicht schnell genug die Sitzbretter dazwischen klemmt, klappen die Teile wieder zusammen, man kann so wie in einer zuschnappenden Mausefalle gefangen werden. Kentern im 30 Grad Celsius warmen Wasser der geschützten Ankerbucht ist kein Problem. Segeln macht erst richtig Spaß in Badezeug. Ich erinnere mich, dass ich beim Segeln in der Nordsee im Sommer mehr gefroren habe als beim Skilaufen in den Alpen im Winter.

An einem Mittwoch – die Vasco da Gama ist wieder in Grenada – besucht uns Damian, der deutsche Artist. Wir starten gemeinsam zu einer Inseltour. In einem nicht mehr ganz neuen Taxi, das in Deutschland nie durch den TÜV gekommen wäre, geht es die malerische Küstenstraße entlang, von St. George's nach Gouyave. Zur linken Seite lädt das Karibische Meer zum Baden ein, rechts klettert der Regenwald dieser immergrünen Insel vulkanischen Ursprungs die Hänge empor. Die Berge sind häufig in Wolken, ja, sie fangen die Regenbringer regelrecht ein, damit hier alles schön wachsen und blühen kann.

Wir biegen rechts ab zum Concord-Wasserfall. Mittlerweile ist es recht warm im Taxi. Der Fahrer erklärt, dass sein Wagen noch die alte »2-20-Klimaanlage« hat.

»Two/twenty, going with twenty miles, two windows open!«

»Ja, und ihr fahrt immer noch auf der falschen Seite!«, necken wir ihn dafür in Anspielung auf den Linksverkehr, der hier wie in vielen ehemaligen britischen Kolonien weiterhin üblich ist.

»Und seltsame Verkehrsschilder haben die hier! Schau mal: SLOW MEN WORKING! Sie arbeiten auch wirklich langsam!« Klar, bei der Hitze!

Behutsam parkt der Fahrer jetzt sein altes Gefährt unter einem Brotfruchtbaum ein.

»Concord Waterfalls!«, verkündet er. »Nehmen Sie Ihr Badezeug mit!«

Wir entrichten ein geringes Eintrittsgeld. Nun stehen wir vor einem Teich, umgeben von steilen Felswänden. Am hinteren Ende rauscht ein kleiner Wasserfall. Schattig und gemütlich ist es hier!

Wir streifen die verschwitzten T-Shirts ab. Von einem drei Meter hohen Felsen springe ich in das klare Nass und fühle mich wie Tarzan. Sibylle und Damian sind vorsichtiger als ich, sie waten von einer flachen Stelle am Ufer in den Teich. Das Wasser ist kühl, weich und sehr angenehm. Manche haben es sogar schon als Jungbrunnen bezeichnet.

Da es noch früh am Tage ist, sind noch nicht so viele andere Besucher da. Jetzt tauchen oben am Wasserfall ein paar einheimische Jungen auf und springen in gewagter Haltung – ein paar Zentimeter an den Felsen vorbei – in den Teich, wo er am tiefsten ist, durch Jahrtausende vom Mahlstrom des Wassers ausgehöhlt.

Als wir wieder auf dem Trockenen sind, kommen die mutigen Springer auf uns zu, halten die Hand auf für einen kleinen Obulus. Man muss wissen, dass die Zahl der Arbeitslosen hier auf der Insel weit über 20 Prozent beträgt, um zu verstehen, dass die Einheimischen auf vielerlei Art und Weise versuchen, an Geld zu kommen, leider auch einige durch Kriminalität.

Jetzt geht es weiter mit »two/twenty« zur Muskatnussfabrik in Gouyave. Interessiert beobachten wir die verschiedenen Arbeitsgänge. Monatelang dauert der Prozess, in dem die Gewürze wie vor 150 Jahren getrocknet und verarbeitet werden. Nach den indonesischen Molukken-Inseln ist Grenada der zweitgrößte Exporteur der Muskatnuss. Auf den Gewürzfarmen der Inseln werden außerdem Zimt, Gewürznelken und Kakao angebaut. Zudem gibt es natürlich auch Zuckerrohr- und Bananenplantagen.

Inzwischen ist Lunchtime. Wir suchen uns ein Restaurant mit örtlichem Kolorit, in dem auch die Einheimischen verkehren. Auf einfach gezimmerten Holzbänken lassen wir uns nieder. Mein bestelltes Gericht – Hähnchen nach lokaler Art – könnte vorzüglich sein, wenn es nicht zu scharf gewürzt wäre. Ich will mich schon beschweren, da fällt mir ein, dass man mich dann nur auslachen würde: »Du bist hier schließlich auf Spice Island – der Gewürzinsel – hahaha!!«

Also wird das Zeug nach jeweils zwei Bissen mit karibischem Lagerbier hinuntergespült.

Weiter geht es auf der Belvedere Road ins Innere der Insel, vorbei an einigen Bananenplantagen. Unser nächstes Ziel ist der Grand Etang, ein Kratersee, der auch für die Wasserversorgung der Hauptstadt St. George's benutzt wird. Er liegt in etwa 530 Meter Höhe in der zentralen Gebirgskette.

Hier leben noch einige Affen. Ihre Vorfahren sind vor etwa 300 Jahren aus Afrika nach hier mitgebracht worden. Wir treffen auf eine deutsche Touristengruppe, die gerade die Affen mit Bananen füttert. Wenn man etwas für die Tiere zum Fressen hat, kommen sie freundlich und zutraulich von den Bäumen herunter und holen sich das Dargebotene. Einem Ehepaar sind die Bananen ausgegangen. Die verwöhnten Affen aber werden ärgerlich, wenn man nichts für sie hat. Trotzdem versucht die Frau, einen von ihnen anzulocken, um ihn zu streicheln. Dieser schwingt sich auch heran, versetzt ihr jedoch eine deftige Ohrfeige! Verwirrt betastet die Frau ihre Wange, ihr Mann wendet sich ab und grinst schadenfroh.

Eine bemerkenswerte Verhaltensstudie! Nicht wegen der Schadenfreude, sondern wegen der festen Erwartung, dass einmal existierende Vergünstigungen für immer fortgesetzt werden, und diese Erwartung gibt es also auch schon im Tierreich.

Nun wollen wir zwei Freunde besuchen, die am Südende der Insel dabei sind, sich ein Haus zu bauen. Es liegt auf einem Bergrücken zwischen Hartmann Bay und Prickly Bay. Als wir aussteigen, stützt sich Damian noch für einige Augenblicke mit einer Hand im Türrahmen des altersschwachen Taxis ab, um mit der anderen seine Sandalen klarzumachen. Da wird die Tür plötzlich zugeschlagen! Wir erstarren vor Schreck, denn mit gebrochenen Fingern könnte Damian seinen Beruf als Jongleur der Weltklasse nicht mehr ausüben … In Zeitlupe zieht er seine Hand aus der Tür – schaut sie erstaunt an – und dann erscheint ein Lächeln auf seinem Gesicht. Was ist passiert? Der rostige Türrahmen, anscheinend nur noch vom Autolack zusammengehalten, hat nachgegeben, die Hand ist unverletzt!!

Fragen Sie mich nicht nach der Moral von der Geschicht'! Es darf doch nicht wahr sein, dass wir in rostigen Autos herumfahren sollen! Oder doch, wenn es mit »two/twenty« ist – und nur auf bestimmten karibischen Inseln …

Unsere Freunde mischen gerade den Zement für das neue Haus. Es wird einen fantastischen Ausblick haben auf zwei malerische Buchten mit palmengesäumten Ufern. Schwierig ist nur, alle Baumaterialien hier auf der Insel zu bekommen, da fast alles importiert werden muss.

Während der Taxifahrer Damian zur Vasco da Gama bringt, die in einer Stunde den Hafen von Grenada wieder verlassen wird, besuchen Sibylle und ich einen weiteren Freund. Peters Haus, oder soll man sagen Festung – my home is my castle – steht nah am Meer. Der Passatwind weht die Gischt der Brandung an die Fenster, sodass die Scheiben immer salzverkrustet sind. Das Anwesen besteht aus diesem Haupthaus und mehreren im Garten verstreut liegenden Bungalows.

»Meine erwachsenen Kinder sind mir zu laut, da ist es gut, dass sie nicht zu nahe am Haus wohnen, wenn sie zu Besuch kommen!«, erklärt Peter.

Eine Mauer hält alles zusammen, doch die Krönung der Anlage ist ein Turm – anscheinend ein Leuchtturm! Viele Segler draußen auf See mögen sich schon gewundert haben, warum der nicht in ihrer Karte verzeichnet ist …

Über Treppen und Leitern klettern wir mit Peter hinauf bis zur Spitze des Bauwerks. Große Überraschung, wir befinden uns in einer voll ausgerüsteten Bar! Amüsiert nehmen wir Platz und genießen die herrliche Aussicht auf Land und Meer. Der Gastgeber versorgt uns mit erfrischenden Getränken. Hier lässt's sich leben!!

Im Laufe des Abends haben wir viele interessante Gespräche. Wir diskutieren auch über verschiedene Aspekte des Insellebens. Es stellt sich heraus, dass Peter kein Freund der Kreuzfahrtunternehmen ist. Er kritisiert, dass die Traumschiffe ihren Müll auf den kleinen Inseln abladen, der dort noch nicht richtig entsorgt werden kann und auf Halde gelegt werden muss. Größere Schiffe haben allerdings inzwischen Müllverbrennungsanlagen.

Außerdem beklagt Peter die Auswüchse des Tagestourismus auf den Inseln, der keine richtigen Arbeitsplätze schafft, die Einheimischen oft gierig und unfreundlich macht. Andererseits ist der Tourismus auf den ärmeren Inseln die Haupteinnahmequelle, nur vom Bananenexport können sie nicht mehr leben; der Anbau kann woanders auf ebener Erde und in größerem Stil viel effektiver betrieben werden.

Trotz der ausgiebigen Diskussion und einiger Biere stellen wir fest, dass wir die Probleme an diesem Abend nicht mehr lösen können.

»Sag mal, hattest du noch keine Unfälle, wenn deine Gäste nach einigen Stunden an der Bar die Leiter hinunterklettern müssen?«

»Nein, die total Betrunkenen werden außen am Turm abgeseilt oder sie müssen hier oben in der Bar ihren Rausch ausschlafen!«

Wir kommen heil unten an!

10. Die Inseln vor Venezuela

Beim venezolanischen Konsulat in Georgetown besorgen wir uns Visa (inzwischen möglicherweise nicht mehr notwendig) für dieses schöne, aber politisch unruhige und problematische Land. Nach dem Ausklarieren bei Immigration und Custom (Zoll) segeln wir nach Westen in den Sonnenuntergang hinein.

Längere Strecken dieser Reise legen wir meistens bei Nacht zurück, um bei Tageslicht anzukommen. Das ist eine allgemeine Regel für das Segeln in der Karibik, denn bei hohem Sonnenstand kann man die Riffe einer sonst gefährlichen Durchfahrt besser erkennen. Das Wasser ist meistens so klar, dass man mit einiger Übung das Echolot zur Tiefenmessung bei Tage kaum noch braucht. Man nennt das »Augapfelnavigation«.

Beim ersten Tageslicht kommt auch schon die Inselgruppe der Los Testigos (Die Zeugen) in Sicht. Bei der Annäherung haben wir größte Schwierigkeiten, uns von der Isla Conejo fernzuhalten, denn die Strömung ist so stark (vier Knoten = 7,4 km/h), dass sie uns auf die Felsen zu werfen droht. Ich starte den Motor, berge schnell das Passatsegel, und nur durch zehn Minuten lange Vollgasfahrt können wir schließlich der Gefahr entkommen. Der Motor ist ganz schön heiß geworden.

Nun werfe ich den Anker nahe der Insel Iguana, auf der die meisten der 160 Einwohner des Archipels wohnen. Sie leben vom Fischfang. Es gibt eine Schule, eine Kirche, aber sonst nichts. Die Vegetation ist karg: Kakteen und weitere Wüstengewächse, daneben einige größere Sanddünen – kein Flugplatz, keine Fähre, keine Touristen.

Die Einheimischen sind freundlich. Yachtleute sind hier noch gern gesehen, da sie Fisch kaufen, manchmal medizinische Hilfe bringen und nur 48 Stunden bleiben dürfen, wenn sie nicht vorher in einem der Haupthäfen des Landes einklariert haben. Meine Schleppangel hat nichts gefangen, und so bereiten wir uns mit einem gekauften Red Snapper ein Festessen.

Das Wasser lädt zum Schnorcheln ein. Es ist etwas grünlich durch die gewaltigen Wassermassen des Orinoko zur Regenzeit. Weit entfernt sehe ich nur zwei andere Segelyachten vor Anker, ab und zu ein einfaches Holzboot mit Außenbordmotor, mit dem die Inselbewohner ihre Fische fangen.

Am übernächsten Tag geht es weiter zur Isla Margarita. Diese größere Ferieninsel der Südamerikaner ist leichter im Atlas zu finden als die kleineren Inseln, die wir in diesem Urlaub besuchen wollen. Schon von Weitem sieht man die Hochhäuser von Pampatar und Porlamar. Die Strecke ist nur 50 Seemeilen lang, wir kommen noch bei Tageslicht an.

Für das Einklarieren in Venezuela ist es unbedingt empfehlenswert, einen Agenten zu nehmen für etwa 20 bis 30 US-Dollar. Segler, die es selbst versuchen wollten, haben über zwei Tage auf den verschiedenen Ämtern zugebracht: Hafenkapitän, Polizei, Immigration, Zoll, Guardia Nacional, das heißt, zwischendurch wurden sie immer wieder zur Bank geschickt, um kleinere Gebühren zu entrichten. Die Bank war dann entweder geschlossen oder eine lange Menschenschlange wartete vor den Schaltern. Dazu müssen Sie sich vorstellen, dass diese Ämter an verschiedenen Enden der Stadt gelegen sind, manchmal ganz versteckt.

Einer meiner Bekannten hat es einmal versucht unter dem Motto, Land und Leute besser kennenzulernen: »Nicht immer nur diesen oberflächlichen Tourismus!«

Als er im Gespräch an der Bar alle unsere guten Ratschläge in den Wind schlug, habe ich ihm nahegelegt, ein Buch von Kafka mitzunehmen, um in die richtige Stimmung zu kommen.

Die Zeit kann man natürlich besser mit einer Inselrundfahrt in einer Gruppe mit anderen Seglern, am Strand oder mit kleinen Reparaturen auf dem Boot verbringen. Außerdem ist Porlamar beim Einkaufen preiswert, eine gute Gelegenheit, das Boot mit allen möglichen Vorräten auszurüsten, von Dosenbier bis Motoröl. Im größten Kaufhaus am Ort, dem Rattan, gehen wir durch eine Weihnachtsabteilung, die das ganze Jahr hindurch geöffnet ist, ganz schön kitschig!

Auf Isla Margarita gibt es viele Kirchen, Museen und alte Festungen aus der Kolonialzeit, die hauptsächlich zum Schutze gegen Piraten von den Spaniern errichtet wurden. Nachdem ein griechischer Pirat an der Nordküste strandete, wurde später der nahe liegende Ort nach ihm benannt: Juan Griego = Jonny der Grieche. Einige Sprachforscher meinen, dass sich das Wort »Gringo«, das die Süd- und Mittelamerikaner für Weiße aus Nordamerika und Europa gebrauchen, von Grigo, dem Wort für Griechen, ableitet. Die Burg von Juangriego ist eine der schönsten ihrer Art, auf einem Berg am Meer gelegen.

Weitere Attraktionen der Insel sind ein zehn Kilometer langer Sandstrand, Playa La Restinga, und ein von Kanälen durchzogener Mangrovenwald bei Boca de Rio. Hier könnte man natürlich viele Tiere zu Gesicht bekommen, wenn die Touristenboote gerudert würden oder wenigstens leise Elektromotoren hätten, doch das ist in Südamerika kaum möglich. Von laut röhrenden Außenbordmotoren angetrieben, jagen die Boote durch den Mangrovendschungel, man sieht höchstens einige in Panik flüchtende Pelikane.

Die Südamerikaner lieben es laut und turbulent: Als ich einmal in Brasilien am Strand lag, lärmten vor mir im Wasser die Waterbikes und Motorboote, hinter mir in den Dünen knatterten die Booghies (Strandautos auf VW-Käfer-Basis), und über mir kreisten zwei Kleinflugzeuge mit Rasenmähermotoren, von den Seiten dazu natürlich Beschallung mit watt-kräftigen Boomboxen.

Doch nun geht es weiter in ruhigere Gefilde. Die Insel Cubagua ist nur ein paar Stunden entfernt, noch in Sichtweite der Isla Margarita. Wir ankern hinter dem Wrack einer ausgebrannten Autofähre, die einmal zwischen Margarita und dem Festland verkehrt hat. Als sie Feuer gefangen hatte, brannte sie eine Woche lang, und immer wieder explodierten die Benzintanks der Fahrzeuge.

Aber jetzt ist es sehr friedlich hier, kaum eine Menschenseele zu sehen. Ein langer Sandstrand zieht sich um die Bucht herum, dahinter erstreckt sich eine Salzwüste. Wir brechen zu einer kleinen Expedition nach Nueva Cadiz auf, der ältesten spanischen Ansiedlung in der Neuen Welt. Glücklicherweise haben wir zwei Flaschen Wasser für diese kurze Wanderung durch die Salzwüste mitgenommen, sonst wären wir bestimmt total ausgetrocknet und erschöpft bei den Ruinen zusammengebrochen.

Die Geschichte dieser Ruinen begann, als Kolumbus auf seiner ersten Reise einige Eingeborene sah, die mit Perlen Tauschhandel trieben. Zwei Abenteurer blieben zurück und fanden heraus, dass die Perlen aus dem Meer nahe der Insel Cubagua stammten. Die Eingeborenen dieser Insel waren fleißige Perlentaucher. Nun zwangen die Spanier sie, als Sklaven für sie zu arbeiten. Sie mussten so oft tauchen, dass Hunderte von ihnen starben.

Die Perlen der neu errichteten Stadt, Nueva Cadiz, brachten der spanischen Krone auf dem Höhepunkt der Perlenfischerei fast genauso viel Reichtum wie das Gold der Inkas. Im Jahre 1520 wurden die Spanier von einem Heer der Indios verjagt, kamen aber zurück und befestigten die Stadt. An Weihnachten 1541 wurde Nueva Cadiz durch ein Erdbeben mit nachfolgender Monsterwelle (Tsunami) zerstört. Heute sehen wir nur noch die Grundmauern, halb unter Wasser. Keine Perlen mehr! Die Insel wird nur noch zeitweise von einigen Fischern bewohnt.

Es geht weiter nach Tortuga, einer flachen, trockenen Insel mit ausgedehnten Sandstränden und guten Ankerplätzen. Doch die meiste Zeit von Sibylles Urlaub wollen wir in Los Roques verbringen, einem Archipel von vielen kleinen Inseln, geschützt gegen die vorherrschende östliche Windrichtung durch ein langes Riff, fast wie ein Atoll in der Südsee.

Wir haben festgestellt, dass der Motor nur einige Minuten läuft, dann kommt kein Kühlwasser mehr und der Hitzealarm schlägt an. Aber *Amanda* ist ja in erster Linie ein Segelboot. Mit mächtiger Welle und

20 Knoten Wind von achtern brausen wir auf das Außenriff zu. Die Riffdurchfahrt ist erst im letzten Moment zu erkennen. Eine falsche Bewegung, und wir säßen auf den Korallen! Schnell die Passatsegel weg, Bug in Windrichtung stellen, nur so kann man das Großsegel hochziehen. Fock gesetzt, damit wir nach Passage der Durchfahrt dann mit Wind von der Seite zwischen den Riffen navigieren können. Ich erkenne ein Wrack auf dem Außenriff, in meiner Karte sind noch einige weitere eingezeichnet. Wenn jetzt irgendwas am Boot bricht, erwartet uns das gleiche Schicksal. Aber ich habe alles etwas überdimensioniert.

Eine besonders lange Welle spült uns durch die Einfahrt. Hinter dem Außenriff wird das Wasser sofort ruhiger. Geschafft! Herrlich klares Wasser, idealer Sonnenstand, um die Riffe zu erkennen! In einer Art Fahrwasser geht es hinter dem Außenriff auf Grand Roque zu, die Hauptinsel dieses Archipels, das von der Regierung zum Nationalpark erklärt worden ist. Das heißt zum Beispiel: Speerfischen verboten, man darf auch nicht überall ankern.

Grand Roque ist etwa 70 Meter hoch und deshalb leicht zu erkennen, während alle anderen Inseln ziemlich flach sind. Hier können wir das Einklarieren einmal ohne Agenten machen. Mit Sibylles Charme und gutem Spanisch bringen wir die Formalitäten beim Hafenkapitän, bei der Guarda Costa (Küstenwache) und bei der Nationalparkverwaltung schnell hinter uns. Von der Letzteren erhalten wir eine Karte.

Es gibt keine Autos auf der Insel, Tourismus hauptsächlich am Wochenende durch den kleinen Flugplatz, Flugzeit nach Caracas weniger als eine Stunde. Die Straßen bestehen aus Sandwegen. Einige nette Pensionen und Restaurants. Wir sind uns einig, dies ist eine schöne kleine Insel, hier lässt es sich leben!

Wir finden ein einladendes Restaurant, setzen uns an einen Tisch und diskutieren mit der Dame des Hauses, was für unser Abendessen vorrätig ist.

»Barrakuda, frisch!«

»Ciguatera?«

»Haben wir zur Zeit nicht!«

»Okay, Barrakuda!«

»Sind Sie aus Brasilien?«, fragt die Wirtin.

»Natürlich, Rio« antwortet Sibylle.

»Belém!«, sagt die Senora, etwa 35 Jahre alt.

Als sie mit dem Fisch zurückkommt, geht die Konversation weiter:

»Die Insel gefällt uns, das Leben muss hier doch schön sein!«, schwärmt Sibylle.

»Nein, schrecklich, nur 500 Einwohner, immer der gleiche Klatsch und Tratsch, kein Ausweichen, keine Ablenkung! Könnten Sie mich nicht mitnehmen?«

Verblüfft schauen wir uns an. Das Symptom kenne ich von der Crew auf dem Kreuzfahrtschiff, wenn sich eine begrenzte Anzahl von Menschen »ohne Auslauf« gegenseitig auf die Nerven geht!

»Nein, es tut mir leid, für weitere Passagiere ist mein Boot zu klein!«

Am nächsten Morgen segeln wir weiter. Wir finden eine kleine Insel mit langem Sandstrand und geschütztem Ankerplatz, ganz für uns allein. Wie immer geht es mit dem Schlauchboot an Land. Bevor wir das Innere der Insel erforschen, waten wir noch eine Weile durch das flache Wasser, parallel zum Strand. Keine Seeigel! Aber da – Sibylle ist gerade im Begriff, auf etwas Rhombusförmiges zu treten. Ich reiße sie schnell an mich, sie glaubt wohl zuerst an einen plötzlichen Ausbruch von Leidenschaft, bis ich ihren Blick auf den Rochen lenken kann. Der schüttelt jetzt den Sand ab und schwimmt ruhig davon. Er scheint zu wissen, dass er eine gefürchtete Waffe hat, einen giftigen Stachel am Schwanz.

Die meisten Wunden betreffen Fuß oder Wade. Das Gift in Wunden am Körper kann zum Tode führen. Erste Hilfe: Wunde säubern, Stachelreste entfernen, Fuß mindestens eine halbe Stunde lang in 50 Grad Celsius warmes Wasser stecken, da das Gift durch Hitze inaktiviert wird. Professionelle medizinische Behandlung ist in jedem Falle angeraten, da die Wunden meistens infiziert sind. Das Gewebe kann absterben. Allgemeine Symptome wie Schwindel, Erbrechen, Bauchschmerzen, Kopfschmerzen, Muskelkrämpfe, zu schneller oder zu langsamer Pulsschlag und Blutdruckabfall können auftreten. Tetanusschutz nicht vergessen! Fast immer entstehen sehr starke Schmerzen: Umspritzen der Wunde mit Xylocain ohne Adrenalin.

Das ist noch einmal gut gegangen! Und die Moral von der Geschichte: Es empfiehlt sich, einen Stock mitzunehmen und damit vor sich auf das Wasser zu schlagen. Wenn es sich nicht um reinen Sandstrand handelt, sondern Fels oder Korallen, Schuhe anziehen, die natürlich gegen den Rochen nichts nützen, aber vor anderen Gefahren schützen, wie Steinfisch oder Chirurgenfisch.

Das Innere der Insel zeigt hauptsächlich Kakteen, Hartlaubgewächse und Iguanas. Auf dem Rückweg, als wir die Insel fast umrundet haben, finden wir ein Flugzeugwrack. Komisch, bereits das dritte dieser Art, die anderen hatten wir schon vorher durch das Fernglas auf den anderen Inseln gesehen.

Zurück bei *Amanda*, wartet dort ein Boot der Parkwächter. So einsam ist es hier also doch nicht. Wir zeigen unsere abgestempelten Papiere: Alles in Ordnung! Es sind drei nette junge Burschen. Wir kommen ins Gespräch:

»Warum liegen auf den Inseln so viele Flugzeugwracks herum? Wir befinden uns doch in einem Naturschutzgebiet!«

»An manchen Wochenenden fallen die Geschäftsleute aus Caracas hier ein wie die Heuschrecken. Sie benutzen den Strand als Landebahn für ihre einmotorigen Flugzeuge. Es gibt wilde Partys am Strand. Der Alkohol fließt in Strömen, und dann schaffen sie den Abflug nicht mehr ...«

Nach ein paar Tagen, ausgefüllt mit Schwimmen, Schnorcheln und Erforschung der näheren Inseln und Riffe mit dem Schlauchboot, segeln wir weiter nach Westen zu den Aves de Barlovento (Windwärtige Inseln der Vögel), eine hufeisenförmige Formation aus Riffen und kleinen Inseln.

Die Einfahrt ist hier einfacher. Nachdem wir an der südlichen Insel entlanggesegelt sind, biegen wir einfach um die Ecke nach Norden und befinden uns in geschütztem Wasser. Die paar hundert Meter bis zum Ankerplatz gegen den Wind schafft der Motor noch, bevor er zu heiß wird. Wir sind noch vor Sonnenuntergang angekommen. Jetzt sehen wir, dass diese Inseln ihren Namen zu Recht tragen. Tausende von Vögeln kreisen über den Mangroven der Südinsel auf der Suche nach einem guten Schlafplatz.

Die Gelegenheiten zum Schnorcheln und Fischen mit der Angel sind hier sogar besser als in Los Roques. Es ist auch einsamer, nur gelegentlich ein paar freundliche Fischer, die gern einen Barrakuda oder einen Red Snapper für eine Flasche Rum oder Zigaretten eintauschen würden.

Beim Schnorcheln hat Sibylle doch etwas Angst vor den Barrakudas, die manchmal sehr nahe herankommen.

»Das tun sie nur, weil sie so neugierig sind und schlecht sehen können. Wenn sie Brillen tragen könnten, bräuchten sie nicht so dicht heranzukommen!«, scherze ich.

Wenn man keinen Schmuck oder andere blinkende oder scheinende Gegenstände trägt, sind Barrakudas recht ungefährlich.

Leider geht Sibylles Urlaub zu Ende. Wir müssen in zwei Tagen in Aruba sein, damit sie ihren Flieger nach Brasilien erreicht. In dieser Gegend der Karibik ist fast immer viel Wind. In schneller Fahrt brausen wir an Bonaire und Curaçao vorbei. Mit keuchendem Motor schaffen wir es gerade noch bis in die Marina von Oranjestad. Ein Traumurlaub ist vorbei.

Immer wieder Notfallübungen!

Griechische Osterfeier.

Grenada: Mutige Springer.

Grenada: Ein Postamt mitten im Regenwald.

Grenada: Einheimische Fotomodelle bitten um einen kleinen Obulus.

Grenada: Blick auf den Regenwald.

Der »Urwaldforscher«.

Los Roques: .... und dann schafften sie den Abflug nicht mehr!

11. Aruba

In aller Ruhe kann Sibylle ihr Flugzeug nach Brasilien erreichen. Nachdem ich sie zum Flughafen gebracht habe, treffe ich mich mit Joaquin, dem besten Mechaniker auf Aruba. Ein paar Tage später hat er Zeit, sich meinen lädierten Motor anzusehen. Nachdem er die Dichtung entfernt hat, sehen wir einen feinen Haarriss im Zylinderkopf, eine Verbindung vom Brennraum zum Kühlsystem (direkte Seewasserkühlung). Auch ein Kolben sieht nicht mehr gut aus. Während die Oberfläche von Nr. I noch ganz glatt ist, ähnelt die von Nr. II der Oberfläche des Mondes. Ein Zeichen, dass Seewasser in den Brennraum eingedrungen ist (hydraulischer Block). Ich brauche also neue Kolben und einen neuen Zylinderkopf.

Während ich auf die Ersatzteile aus Deutschland warte, verbringe ich einige Tage in der Marina. Mein Freund Gerald ist dort Geschäftsführer. Nebenbei fährt er noch Touristen spazieren auf seiner klassischen 14 Meter langen Stahlyacht aus dem Jahre 1936, ein Entwurf von Sparkman & Stephens.

Außerdem hat er gerade eine zwölf Meter lange Segelyacht aus GFK (Kunststoff) in St. Maarten preiswert erstanden und nach hierher überführt. Das Boot war im Hurrikan beschädigt worden und hatte einige Tage unter Wasser in der dortigen Lagune verbracht. Das über einen Meter große Leck im Bug ist schon fachmännisch repariert. Der Motor läuft wieder. Mast, Wanten und Stage sind in Ordnung. Einige kleine Schönheitsreparaturen stehen noch aus.

Gerald hatte mich übrigens auf die Idee gebracht, nach Aruba zu segeln.

»Leg dein Boot in meine Marina, da ist es sicher, ich werde ein Auge darauf haben! Wenn die Vasco da Gama immer sonntags in Aruba vor Anker geht, hast du doch am meisten Zeit!«

Das ist richtig, weil an jedem Sonntagmorgen die meisten Passagiere von hier abfliegen und die neuen erst abends ankommen. Außerdem liegt die Marina in Sichtweite der Pier für Kreuzfahrtschiffe.

Eines Morgens – ich sitze gerade beim Frühstück im Cockpit – kommt Gerald vorbei. Er wirkt etwas nervös.

»Setz dich, ich habe noch Kaffee da! Wo brennt's denn?«

»Nein danke! Ich habe um zehn Uhr eine Trauung vor dem Mast.«

Ach ja, das gehört ja auch noch zu seinen Aktivitäten, für 850 US-Dollar in etwa drei Stunden!

»Mein Bootsmann ist betrunken. Ich habe keinen, der das Boot steuern kann, während ich die Zeremonie auf dem Vordeck abhalte!«

»Kein Problem, let's go!«

Bei der klassischen Yacht am anderen Ende der Marina bewundere ich jedes Mal die schlanken Formen, das Teakdeck, den 20 Meter hohen Mast, der leicht nach achtern geneigt ist.

»Ich starte schon mal die Maschine«, sagt Gerald.

Für einige Minuten höre ich jetzt immer wieder das Krächzen des Anlassers. Mit hängendem Kopf erscheint Gerald im Niedergang.

»40 Jahre alter Motor – kriegen wir so schnell nicht zum Laufen!«

»*Amanda* ist als Ersatz zu klein und der Motor zur Zeit ja zerlegt, aber du hast doch noch das ehemalige Wrack aus St. Maarten!«

»Sieht innen noch schrecklich aus, wie eine Baustelle!«

»Egal. Hauptsache, Motor und Toilette funktionieren! Die Gäste bleiben doch normalerweise die ganze Zeit an Deck«, ermutige ich ihn.

»Okay, wir haben noch eine halbe Stunde, bis das Brautpaar ankommt.«

In Windeseile räumen wir »Blueband« – so heißt das Boot – auf und machen es segelklar.

Da steht auch schon das glückliche Paar aus Illinois, dem amerikanischen Mittelwesten, mit den Trauzeugen auf der Pier.

»Das sieht aber gar nicht aus wie eine klassische Segelyacht!?«

Gerald wäre jetzt am liebsten in ein Mauseloch gekrochen.

»Ach, leider konnten wir die Maschine der klassischen Yacht nicht starten! Ohne Motor kommen wir aus dem Hafen weder hinaus noch herein. Aber Sie müssen wissen, dass gerade *dieses* Schiff einen Hurrikan überlebt hat! Das ist doch ein gutes Omen für Ihre Ehe!«, erkläre ich. Sie akzeptieren.

Alles Weitere geht glatt. Die Gäste werden etwas nass gespritzt auf diesem leichten und wackeligen Boot, das wie ein Schaukelpferd durch die Wellen rauscht, aber sie ertragen es mit Gelächter. Sie sind in ausgelassener Stimmung.

Außerhalb der Dreimeilenzone steuere ich einen ruhigeren Kurs vor dem Wind, damit Gerald in gesetzter und feierlicher Weise das Jawort entgegennehmen kann. Dann fließt der Sekt. Es geht schon wieder zurück. Im Cockpit umringen mich die Gäste. Das Brautpaar fragt, wo ich denn normalerweise arbeite. Ich gebe ihnen meine Karte mit der Telefonnummer des Büros in Miami. Tatsächlich, ein halbes Jahr später sehe ich sie als glückliches Ehepaar auf dem Kreuzfahrtschiff wieder.

Inzwischen sind die Ersatzteile für *Amanda* aus Bremen mit Federal Express angekommen. Ich rufe Joaquin, den Mechaniker, an und studiere schon mal das Werkstatthandbuch für meinen Bukh Diesel 20 PS. Wir müssen ja nicht nur den Zylinderkopf wechseln, sondern auch die Kolben. Die Anleitung dafür im Handbuch lautet ganz lapidar: »Bauen Sie den Motor aus, stellen Sie ihn auf den Kopf und schrauben dann die Ölwanne ab.«

Oh Gott, das ist eine Heidenarbeit, alle elektrischen Kabel und Treibstoffleitungen zu entfernen! Zudem laufen sie noch an einem Stahlträger über den Motor. Diesen Träger, der einen Teil des Cockpitbodens ausmacht, müsste ich dann heraussägen. In diesem Fall bräuchten wir einen Kran zum Herausheben der schweren Maschine! Deprimiert schildere ich Joaquin die Situation.

»Kein Problem, wenn unter der Ölwanne noch genug Platz ist, kann ich alles ohne Sicht und nach Gefühl von unten machen, die alten Kolben von der Kurbelwelle lösen, die neuen wieder anschrauben. Ich kenne übrigens diesen Motor ganz gut!«

Gesagt, getan! Nach Art einer gynäkologischen Operation bringt Joaquin es fertig, die Kolben an einem Vormittag von unten zu wechseln. Ich fungiere dabei wie eine Operationsschwester: »6-Millimeter-Inbusschlüssel! – Jetzt die kleine Zange da! – Jetzt wisch mir den Schweiß von der Stirn!«

Nach kurzer Mittagspause schrauben wir den Zylinderkopf an, dann stellen wir alle Leitungen und Anschlüsse wieder her.

»Okay, nun darfst du den Zündschlüssel drehen!«

Tack, tack, tack, selten so schöne Musik gehört! Jetzt ist der Motor besser als neu!

Wir sitzen noch eine Weile im Cockpit. Joaquin erzählt, dass er mit Booten nichts im Sinn hat, da er immer seekrank wird. Sein Hobby ist es, Motorräder zu bauen, zur jetzigen Zeit gerade eins mit acht Zylindern, um die schweren Hondas, Kawasakis und Harley-Davidsons der Insel zu deklassieren.

Mit den Motorrädern hat Joaquin mich auf eine Idee gebracht. Bei diesem permanent schönen Wetter auf der Insel wäre doch ein Motorrad das Richtige für eine Inselrundfahrt! Bei George's »Cycles and Scooters« miete ich eine Yamaha 200 Enduro – für eine Harley-Davidson bin ich noch nicht übergewichtig genug.

Ich verlasse Oranjestad in Richtung Osten. Wie zwei Kegel ragen die beiden höchsten Erhebungen der Insel aus der mit Kakteen und Aloe bewachsenen wüstenartigen Ebene. Der Hooiberg ist nur 167 Meter hoch, der Jamanota 188 Meter. Aber in der Hitze ist es doch sehr schweißtreibend, diese Hügel zu besteigen. Wie ein gigantisches Hünengrab kommt die bekannte Ayo-Rock-Formation in Sicht, zahlreiche von der Natur aufeinandergetürmte riesige Granitbrocken. Ich steige hinauf und genieße den Ausblick über die ganze Insel. Bisher habe ich noch keine schlüssige geologische Theorie über die Entstehung dieser Formation gehört. Normalerweise sind dazu Wasser und Eis notwendig. Die Pole der Erde haben sich über Jahrmillionen tatsächlich in bizarrer Weise verschoben, aber hier in der Hitze ist es doch schwer vorstellbar, dass Aruba mal eine Eiszeit gehabt haben könnte.

Die »natürliche Brücke« liegt an der Nordostküste der Insel, die dauernd von Starkwind oder Sturm bearbeitet wird. Die entsprechenden Wellen haben über Jahrtausende das Ufer unterspült, und während es an den übrigen Stellen abgebrochen und ins Meer gestürzt ist, ist hier eine Formation stehen geblieben, eben die »natural bridge«. Zur Entstehung trägt noch ein anderes Phänomen bei. Anders als die Seychellen im Indischen Ozean ist Aruba in der glücklichen Lage, dass sich die Insel noch sehr langsam hebt, und zwar schneller, als der Meeresspiegel steigt. Also auch hier trifft es zu, was sogar auf allen Nummernschildern der hier parkenden Autos steht: »One Happy Island«.

Für eine Weile beobachte ich fasziniert heranstürmende Wellen und betrachte sie mit den Augen eines Seglers. Zu nahe vor dieser Küste mit einem Boot herumzukreuzen wäre recht närrisch. Der kleinste Fehler würde es sofort der Gewalt der Elemente, einem Hexenkessel ausliefern, es würde schnell auf die Felsen geworfen und dort zermalmt werden.

Nun steige ich wieder auf das Motorrad und durchquere die Insel bis an die ruhigere Westküste. Ich fahre an den Ruinen einer alten Goldschmelze vorbei. Von 1824 bis 1916 hat Aruba tatsächlich einen Goldrausch erlebt. Man könnte meinen, der Name Aruba stamme vom lateinischen Namen für Gold: »aurum«. Doch wahrscheinlicher ist, dass es sich um eine Zusammenziehung der indianischen Wörter für Muschel und für Insel handelt, nämlich »ora« und »aubao«.

Aruba wurde um 1500 von den Spaniern entdeckt und zuerst für wertlos gehalten. Sie deportierten 1513 die gesamte Bevölkerung in die Kupferminen nach Santo Domingo, aber vom Festland her rückte die indianische Bevölkerung wieder nach. Im Jahre 1636 begann die holländische Kolonisation mit kurzen Unterbrechungen durch die Engländer. Sklaverei hat es auf der Insel kaum gegeben, nur einige Haussklaven. Stark vereinfacht kann man sagen, dass die Arubaner zuerst Bauern und Fischer waren, dann ab 1924 Ölarbeiter in der Lago-, dann Costal-, heute Valero-Raffinerie und sich nach 1980 verstärkt dem Tourismus widmen.

Auch heute hat ein Großteil der Bevölkerung noch indianisches Blut in den Adern. Abgesehen von den Einwohnern holländischer Abstammung fühlen sich die übrigen mehr als Kariben oder zu Südamerika gehörig denn als Holländer. Da sie die Vorherrschaft von Curaçao im holländischen Inselverband nicht mochten, wurde ihnen 1986 ein sogenannter Status aparte zugestanden. Die Niederlande sind jetzt nur noch für die Außen- und Verteidigungspolitik zuständig. Holländisch ist zwar Amtssprache, aber untereinander sprechen sie Papiamento, ein Gemisch aus Spanisch, Portugiesisch, Holländisch und Indianisch.

Nun kommen auch schon die mehrstöckigen Hotels an der Westküste in Sicht mit ihren traumhaften Sandstränden. Es herrscht hier nicht so eine bedrückende Enge wie zum Beispiel in manchen Orten auf Mallorca. Nirgendwo gibt es Absperrungen, man kann lange Wanderungen unternehmen, immer am unwahrscheinlich azurblauen Wasser entlang.

Etwas abseits der Hotels raste ich unter einem natürlichen Sonnenschirm, einem der windgebeugten Divi-divi-Bäume, die auch das Wahrzeichen dieser Insel sind. Ohne die obligatorische Flasche Mineralwasser würde man hier auf der Insel sehr schnell austrocknen.

Da fällt mir am Strand eine kleine quadratische Absperrung auf, wie bei einer Straßenbaustelle mit rot-weiß gestreiften Brettern. Ich gehe hin, um zu sehen, was da wohl gebaut wird. Ein gut lesbares Schild informiert mich, dass hier eine Seeschildkröte (Leatherback) ihre Eier im Sand vergraben hat, dazu Verhaltensmaßregeln, was man tun darf und was nicht, wenn die Jungen schlüpfen sollen. Das Gleiche gilt für den Fall, dass man auf eine Schildkröte trifft, die gerade ihre Eier legen will.

Mein Blick wandert über das Meer. Etwa eine Seemeile entfernt haben vier Touristenboote mit der Tauchflagge an Bojen festgemacht.

Das muss die Stelle sein, wo das Wrack der Antilla liegt, auch der »deutsche Frachter« genannt. Das Schiff befand sich dort gerade vor Anker, als im Mai 1940 deutsche Truppen in Holland einfielen. Die holländischen Offiziellen der Insel verlangten natürlich sofort die Übergabe des Schiffes, doch sie ließen dem Kapitän eine Nacht Bedenkzeit. So hatte dieser Gelegenheit, die Sprengung vorzubereiten und das Schiff in aller Ruhe mit der Mannschaft zu verlassen, bevor es unterging. Sie verbrachten dann die Zeit bis zum Ende des Krieges im Gefangenenlager auf Bonaire, der holländischen Nachbarinsel.

Zwei weitere Wracks liegen in dieser Gegend, die California, von der der Leuchtturm am Nordwestende der Insel seinen Namen hat (California Lighthouse), und das Mittelstück der Pedernales, eines Tankers, der nahe der Raffinerie während des Zweiten Weltkrieges von einem deutschen U-Boot torpediert wurde. Bug und Heck wurden abgeschnitten und zum Bau eines neuen Schiffes verwendet, das dann später an der Invasion in der Normandie teilnahm. Ich beschließe, an einem der nächsten Tage mit *Amanda* hierher zu segeln, um an dieser interessanten Stelle zu schnorcheln.

Einige Tage später mache ich mein Vorhaben wahr. Da die Wracks im flachen Wasser kaum tiefer als zehn Meter liegen, ist es nicht nötig, die Taucherausrüstung herauszukramen. Zuerst besuche ich die Pedernales, dann die eine Seemeile entfernte Antilla. Während die Erstere jetzt nur noch ein Haufen zusammengefallener Stahlplatten ist, lohnt es sich schon, die Antilla in Augenschein zu nehmen. Die Sicht ist ausgezeichnet, ich habe einen guten Tag erwischt, denn es kommt auch mal vor, dass Schwell den Grund aufrührt. Das von Korallen überwachsene Wrack liegt etwa zu 45 Grad auf der Seite und berührt mit dem Bug und dem vorderen Lademast die Wasseroberfläche. Zahlreiche Schwärme kleiner und mittelgroßer Fische nutzen seinen Schutz. Aus einigen Löchern ragen die Fühler von großen Hummern (Lobstern) heraus …

12. Wieder auf der Vasco da Gama

Früher als geplant fahre ich wieder auf der Vasco da Gama. Mein Vorgänger ist gefeuert worden, weil er vergessen hatte, die Sauerstofftanks im Schiffshospital nachfüllen zu lassen. Die verzweifelten Telefonate über COMSAT, ob er industriellen Sauerstoff benutzen könne, waren dem Captain dann doch zu viel. Schnell setzt die alte Routine wieder ein. Hauptsächlich sind noch die alten Gesichter an Bord. Gut für mich, da ich noch alle ihre (Kranken-)Geschichten kenne.

Mit Damian feiere ich ein fröhliches Wiedersehen in der Show-Lounge. Hier wird gerade mit großem Brimborium das »Bajan-Krabben-Rennen« angekündigt: »Mit lebenden Krabben! Wetten Sie auf das Verrückteste, was Sie je gesehen haben!« Neugierig drängen sich die Passagiere nach vorn. Einige geben ihre Wetten ab, Einsatz 100 Dollar pro Tier. Kleine Krabben mit den Nummern eins bis zehn auf dem Rücken werden aus einem Pappkarton auf der Mitte der quadratischen Tanzfläche freigelassen. Sofort rennen sie unter lautem Beifall der Zuschauer in alle Richtungen davon. Die Krabbe, die zuerst eine der Randleisten erreicht, hat gewonnen. Der Glückliche, der auf die Zahl auf ihrem Rücken gesetzt hat, kann 1000 Dollar einstreichen. Dieses Spektakel wird noch einige Male wiederholt, solange die Leute bereitwillig ihre 100-Dollar-Scheine zücken.

Damian und ich beschließen, in die Panorama Lounge zu gehen. Um sie zu erreichen, müssen wir das weiträumige Kasino durchqueren. Hier sieht man vorwiegend Amerikaner, die vor den zahlreichen Spielautomaten hocken oder an den verschiedenen Spieltischen sitzen.

Jetzt dröhnt uns die laute Musik der brasilianischen Band aus der Panorama-Lounge entgegen. Nahezu alle Passagiere aus Brasilien scheinen sich auf der Tanzfläche zu tummeln, unter ihnen mehrere attraktive Damen einer Sambagruppe aus Rio, die immer gemeinsam Urlaub machen. Wir werden in das Gewühl hineingezogen. Ich fürchte schon, dass wir uns alle gegenseitig auf die Füße treten werden, aber nach kurzer Zeit bewegen wir uns im Rhythmus wie die Brasilianer – vielleicht mit einer Viertelsekunde Verspätung – einer Art Herdentrieb folgend.

Es ist wie Karneval, frisch aus Rio importiert! Wenn man das eine halbe Stunde lang mitmacht, kommt man schon ins Schwitzen. Aber mein »Affenjäckchen« besteht aus einem sehr dünnen Stoff und der Kragen meines Hemdes darunter ist zwei Nummern zu groß (Clownkragen).

Nach etwa 20 Minuten signalisiere ich Damian, dass wir uns an einem der Tische niederlassen sollten. Wir nehmen die Getränkekarten und fächern uns frische Luft zu. Sofort ist ein Kellner zur Stelle.

»Für Damian ein Mineralwasser (scherzhaft »Aqua miserable« genannt) und für mich einen Gin Tonic mit viel Eis!«

Die Brasilianer tanzen munter weiter.

»Klar«, sagt Damian, »die brauchen nicht mehr zu joggen oder sonst was für ihre Gesundheit zu tun, Samba tanzen reicht schon völlig!«

»Ja«, stimme ich zu, »du siehst kaum übergewichtige Brasilianer, ganz im Gegensatz zu den Amerikanern, die häufig als richtige Wohlstandsmonster daherkommen!«

»Ich bin durch meine Engagements in vielen Ländern gewesen«, erzählt Damian. »Ich glaube, dass die Brasilianer auch Weltmeister sind, wenn es darum geht, das Leben zu genießen!«

Jetzt lösen sich einige Männer aus dem Gewühl auf der Tanzfläche und lassen sich an den Nachbartischen nieder. Zu uns gesellen sich zwei Herren aus der Geschäftswelt von São Paulo und ein Arzt aus Rio, wie wir von ihnen erfahren. Die Brasilianerinnen hopsen munter weiter, offensichtlich von zu Hause aus gut trainiert.

Es gibt verschiedene Grade, wie man mit einer neuen Sprache vertraut wird, zum Beispiel ein Buch lesen, eine alltägliche Unterhaltung führen, telefonieren oder Verhandlungen bestreiten. Wenn Sie sich in einer Disko oder Tanzbar bei lauter Musik verständlich machen können, haben Sie schon einen hohen Grad erreicht. Die beiden Geschäftsleute erzählen uns in ihrer Sprache, dass auch Brasilien kein homogenes Gebilde sei, es habe schon Sezessionsbestrebungen gegeben, indem sich der wirtschaftlich fleißigere Süden vom angeblich fauleren Norden absetzen wollte, aber Karneval und Fußball hätten sie immer wieder vereint. Weiter vertreten sie die Meinung: Wenn man die natürlichen Reichtümer Brasiliens zusammenzählen und richtig nutzen würde, könne das Land mächtiger sein als die USA.

Zur Bestätigung dieser Behauptung erzählt uns einer von ihnen diese Legende: Als Gott die Welt erschuf, gab er Brasilien alle möglichen Bodenschätze, Wasserkraft, unendliche Wälder, kaum Hurrikane, wenig andere Katastrophen wie Erdbeben, Dürre oder Waldbrände. Da sagte der Erzengel Gabriel: »Mein Gott, das ist zu viel des Guten, alles das für ein einziges Land!« Der Herr aber sprach: »Warte nur, was für Regierungen sie haben werden!«

»Stimmt es«, frage ich den Kollegen aus Rio, »dass alle Leichenhäuser während des Karnevals überfüllt sind, weil der immer so intensiv gefeiert wird?«

»Überfüllt ist übertrieben, aber etwas mehr ist es schon. Dabei ist gar nicht mal alles durch Mord und Totschlag, sondern viele Menschen mit der Chargasskrankheit überleben den Karneval nicht. Für die Chargassmyokarditis ist typisch, dass sie besonders nach Anstrengung, stundenlangem Tanzen, plötzlich umfallen wie ein gefällter Baum.«

(Die Chargasskrankheit wird von einem durch Zecken übertragenen Parasiten verursacht, kann alle Organe und besonders das Herz befallen. Die Zecken leben in den Wänden der Elendshütten und springen des Nachts zum Blutsaugen auf die Schlafenden.)

Inzwischen ist es weit nach Mitternacht. Die Musik ist leiser geworden und die Tanzfläche leerer. Nur noch einige verliebte Paare können kein Ende finden. Wir verabschieden uns von unseren brasilianischen Gesprächspartnern und wünschen ihnen eine gute Nacht.

Wer jetzt noch nicht müde ist, kann noch eine der Diskos besuchen. Dort und im Kasino wird sogar noch ab 1.30 Uhr ein später Nachtimbiss angeboten.

Am nächsten Tag beginnt für mich wieder die alte Routine. Ich richte mich im Hospital ein und überprüfe alles sorgfältig. So vergehen schnell die Wochen und Monate. Sonntags, wenn wir Aruba anlaufen, segele ich häufig mit *Amanda,* manchmal leistet Damian mir dabei Gesellschaft. Einmal fahre ich sogar den Captain und seine Töchter spazieren, die hier zu Besuch sind.

Auch ich erhalte Besuch von meiner Schwester und ihrer Tochter Annette aus Deutschland, nach vier Jahren ein fröhliches Wiedersehen! Sie haben neben einem Hotelaufenthalt auf Barbados eine Woche Kreuzfahrt auf der Vasco da Gama gebucht; so können wir manche Stunde zusammen verbringen und auch einige Inseltouren unternehmen. In St. Lucia machen wir gemeinsam bei einem »Reef Roamer«-Schnorchelausflug mit. Ich bringe den beiden, die gute Schwimmerinnen sind, das Schnorcheln bei. Meine Schwester ist davon so begeistert, dass wir uns noch einmal in Curaçao einer Schnorchlergruppe anschließen, anstatt an einem Landausflug teilzunehmen. Natürlich führe ich meine Gäste während ihres Aufenthaltes auch über die nautische Brücke und zeige ihnen das ganze Schiff.

Oben auf dem »Caribbean Deck« befinden sich die Luxuskabinen für Wohlhabende und eine beachtenswerte alte Kapelle aus der portugiesischen Zeit. Hier können Trauungen für besonders romantische Paare stattfinden. Viele meinen ja, dass der Captain ohne Weiteres Eheschließungen vornehmen kann, doch so einfach geht das nicht. Es ist nur möglich, wenn die Leute schon mit in ihrer Heimat ausgefertigen gültigen Papieren kommen, wie auch bei Gerald in Aruba und den »Trauungen vor dem Mast«.

In der Crew witzelt man: »Die Ehen, die vom Captain auf diesem Schiff geschlossen werden, gelten nur für die Dauer der Reise!«

Ein Schild mit diesem Satz kann man übrigens auch schon im Yachthandel kaufen und sich aufs eigene Boot kleben.

Aber eine andere Zeremonie, die es in Deutschland nicht gibt, führt der Captain regelmäßig durch: die Erneuerung der Eheversprechen für Verheiratete nach beliebiger Zeit, eine Sitte aus den USA.

Wenn Geistliche an Bord sind oder in den Häfen besuchsweise an Bord kommen, werden hier auch Gottesdienste der entsprechenden Bekenntnisse abgehalten. Die Kapelle ist also nicht konfessionsgebunden (non-denominational chapel). Sogar unsere Mitmenschen jüdischen Glaubens benutzen gerne diesen feierlichen Raum. Der Captain muss dann allerdings seine Zustimmung dazu geben, dass das Kreuz an der Stirnwand vorher, für die Zeit der Zeremonie, abmontiert werden kann.

Nun gehen wir hinunter auf das »Promenade Deck«. Hier befindet sich im vorderen Teil die Panorama-Lounge, in der Mitte nimmt das Kasino mit den vielen Glücksspielautomaten und Spieltischen einen großen Raum ein, wo stets viele Amerikaner mit großer Ausdauer an den sogenannten einarmigen Banditen hängen oder an den Spieltischen kauern. Ich erzähle meinen Zuhörern von Mike, dem Humoristen, der gern diese übertriebene Leidenschaft seiner Landsleute aufs Korn nimmt. Einmal wöchentlich spielt er abends auf der Bühne der Show-Lounge, wie er zum ersten Mal durch das Schiff geht, es quasi entdeckt: »Da sehe ich in einem Raum in büßerhafter Haltung eine Gestalt, und die sagt immer wieder: Oh mein Gott, oh mein Gott! – Ich dachte, das hier muss die Kapelle sein, aber nein, es war das Kasino! Und der Mann beklagte lautstark seine Verluste!«

In privatem Gespräch mit mir bemerkte Mike einmal: »Losing money in the casino is paying tax on stupidity!« Da hat er recht, im Kasino Geld verspielen ist wie Steuern zahlen für die eigene Dummheit! Wenn er das auf der Bühne gesagt hätte, wäre er noch am selben Tag gefeuert worden.

Das Gambling ist ein zu starker Anteil der amerikanischen Kultur oder eher Unkultur. Einzig interessant daran ist denn auch nach meiner Ansicht die anschauliche und präzise Ausdrucksweise in ihrer Sprache, wie zum Beispiel: »She is a wild card« (sinngemäß: Sie ist unberechenbar), oder »You are in a no-win game« (etwa: Wie du's auch drehst, du kannst dieses Spiel nicht gewinnen)!

Im hinteren Teil des »Promenade Decks« liegt die Show-Lounge. Wie der Name schon sagt, finden hier auf der Bühne den ganzen Tag über die vielfältigsten und manchmal skurrilen Veranstaltungen zur Unterhaltung der Passagiere statt, wie schon morgens das Pyjama Bingo (»Jeder, der einen Schlafanzug trägt, erhält eine Extrakarte gratis«), nachmittags das Glücksspiel Pferderennen, abends Showtime-Revue, Konzerte, Tanzpartys, einmal in der Woche bayrisches Oktoberfest, brasilianischer Karneval, Maskeraden-Parade, Talentshow der Passagiere und vieles mehr.

Jetzt steigen wir hinunter auf das »Pacific Deck«. Hier befinden sich zwei Bars, eine mit Disko, Fotoshop, Beautysalon und mehrere Läden verschiedenster Art, weiträumige Glasvitrinen mit erlesener Damengarderobe. Draußen am großen Swimmingpool ist wieder eine Bar, hier spielen zeitweise zwei Einheimische auf ihren Steel-Drums die für die Karibik so typische Calypso-Musik.

Vom »Pacific Deck« geht es durch ein großzügiges Treppenhaus, das von der eindrucksvollen, lebensgroßen Statue Vasco da Gamas beherrscht wird, hinunter auf das »Atlantic Deck«. Dort befinden sich die Rezeption, die zwei Restaurants und das Schiffshospital, also meine Wirkungsstätte. Hier erholen wir uns von der doch ein wenig anstrengenden Schiffstour. Auf den weiteren Decks »Ocean« und »Baltic« gibt es nichts Besonderes mehr zu besichtigen, der größte Teil besteht aus den Kabinen für Passagiere. Noch weiter unten ist das »Neptune Deck« mit dem Kino und das »Coral Deck« mit Fitness-Center, Sauna und Massageraum.

Viel zu schnell geht die gemeinsame Woche mit meiner Schwester und ihrer Tochter dem Ende zu. Als unser Schiff wieder Barbados anläuft, heißt es Abschied nehmen. Hier auf der Insel verbringen beide noch einige Ferientage. Das ist eine sehr empfehlenswerte Kombination: Flug nach Barbados, dort Hotelaufenthalt, eine Woche Kreuzfahrt, wieder einige Tage Hotelaufenthalt auf Barbados, Rückflug.

In Deutschland herrscht manchmal noch die Meinung vor, dass Urlaub auf Kreuzfahrtschiffen nur etwas für Senioren sei. Auf den meisten Schiffen gibt es aber eine Reihe von interessanten Aktivitäten für die jungen und mittleren Jahrgänge: Schnorcheln, Tauchen, Windsurfen, Inselwandern und das Kitesurfen – von einem Lenkdrachen gezogen »brettert« man über das Wasser.

Außerdem hat man Gelegenheit, viele neue Länder, Häfen und Inseln zu sehen und zu entscheiden, wo man das nächste Mal Urlaub machen könnte, um Land und Leute näher kennenzulernen. Die Megaschiffe mit Tausenden von Passagieren würde ich vermeiden, da man auf so einem Schiff wahrscheinlich öfter Schlange stehen muss, um auf etwas zu warten. In Bezug auf Sicherheit – was Unfälle und Kriminalität betrifft – kann man den Kreuzfahrtunternehmen im Vergleich zu anderen Unternehmen bisher ein gutes Zeugnis ausstellen. Bei den Megaschiffen habe ich allerdings einige Bedenken, wenn ich mir vorstelle, wie schnell man über 3000 Passagiere im Notfall evakuieren kann. Allerdings dürfen die neueren Schiffe keine brennbaren Baumaterialien mehr aufweisen, für die älteren gibt es schon eine Zeitgrenze, nach der sie nicht mehr zugelassen sind.

In puncto Kriminalität in den einzelnen Zielhäfen erinnere ich mich nur an einen Fall, als ein Einheimischer in St. Lucia einem Passagier aus São Paulo die Kamera entwinden wollte: Der Mann kommt mit Zerrung in der rechten Schulter zu mir. Er hat sich nicht einmal über den Zwischenfall beklagt, da er aus seinem Heimatland Brasilien ganz andere Übergriffe gewohnt ist.

Auf dem Schiff selbst hat es während meiner Zeit innerhalb der Besatzung zwei Gewaltszenen gegeben: Ein Wachmann aus Südostasien hat einen Koch aus Barbados wohl etwas zu hart angefasst und wegen Übertretung der Sperrstunde zurechtgewiesen. Dieser revanchiert sich dann an der Gangway, als das Schiff in Barbados angelegt hat, mit einem Messerstich in den seitlichen Brustkorb seines Gegners, um dann schnellstens im volkreichen Armenviertel von Bridgetown unterzutauchen. Ich untersuche das Opfer sofort. Die Lunge ist nicht betroffen, der Stich geht schräg nach oben durch die Muskulatur. Der moralisch-psychologische Schock ist viel schwerer als die eigentliche Verletzung.

Der zweite Fall ereignet sich, als ich gerade mit Herbert, einem athletisch gebauten Manager aus dem Hotel-Department, auf dem Achterdeck stehe: Eine aufgeregte Kellnerin rennt auf uns zu und berichtet außer Atem von einem blutigen Kampf zwischen zwei Mannschaftsmitgliedern auf dem Deck unter uns, wo die Winschen für die achterlichen Festmacherleinen stehen.

Während die Kellnerin den Captain und, auf dem Wege zu ihm, den Wachmann informiert, sind Herbert und ich schon auf der Szene, um die Streithähne zu trennen. Es ist ein Kampf Messer gegen Schaufel. Der Messerheld ist wegen seiner geringen Reichweite arg im Nachteil und hat sich unter einer Treppe verkrochen. Der Mann mit der Schaufel schlägt immer noch auf ihn ein und ist im Begriff, Gesicht, Arme und Oberkörper des Unterlegenen in ein blutiges Schnitzel zu verwandeln. Wären wir etwas später gekommen, hätte er ihm sicher schon den Schädel eingeschlagen. Der »Schaufelmann« scheint etwas verdutzt, als wir dazwischengehen, wahrscheinlich spielen unsere Uniformen auch eine psychologische Rolle. Er lässt sich relativ leicht die Schaufel entwinden. Herbert gelingt es, ihn in einen Haltegriff zu nehmen (Doppelnelson). Erst jetzt wird er wieder wütend wie ein Stier, aber Herbert lässt nicht locker. Der Unterlegene hingegen ist recht kooperativ, ich kann ihn mühelos aus der Gefahrenzone schleppen.

Die vielen großen und kleinen Wunden im Schiffshospital zu nähen, das versuche ich erst gar nicht. Dafür müsste ich zu viel lokales Betäubungsmittel injizieren, das dann gefährliche Herzrhythmusstörungen zur Folge haben könnte. Der Patient braucht jetzt zuerst einmal Schockbekämpfung in Form einer Infusion und ein Schmerzmittel. Die Krankenschwester hat gerade Landgang.

Während ich um den blutüberströmten Patienten herumtanze, um ihn zu säubern, zu verbinden und für den Transport ins örtliche

Krankenhaus vorzubereiten, kommt der Safetyofficer in den kleinen Behandlungsraum. Er lässt sich auf einen Stuhl fallen und schaut eine Weile gebannt zu. Meine Uniform ist blutverschmiert wie die von Prinz Eugen in der Schlacht vor Wien gegen die Türken. Ich muss an die Legende denken, die erzählt, auf welche Art die österreichische Flagge entstanden sein soll: Als der Prinz nach der Schlacht den breiten Gürtel abnahm, sah er auf seiner Uniform einen weißen Streifen zwischen blutig roten Feldern.

Da meine Handschuhe ebenfalls blutverschmiert sind und eine Telefonverbindung zum Land über Satellit zu umständlich wäre, bitte ich den Safetyofficer: »Gehen Sie zum Terminal, rufen Sie den Agenten an, dass er uns einen Krankenwagen schickt, und informieren Sie das Personal im Krankenhaus, dass da ein angeschockter Patient mit multiplen Wunden und Verdacht auf Schädelfraktur auf sie zukommt!«

Aber er ist auf seinem Stuhl zusammengesunken und murmelt undeutliche Worte. Nur einmal kann ich verstehen, dass er sagt: »Das mache ich nicht mehr mit!«

Er ist einfach ausgeflippt. Ich muss an den Witz denken: »Als ich klein war, wollte ich Ingenieur werden, aber ich konnte kein Öl sehen!«

Endlich kommt der neue Staffcaptain. Ich informiere ihn kurz. Er leitet alles in die Wege und bringt das Häufchen Elend von Safetyofficer zum Captain. Nachdem der Patient stabilisiert und auf dem kurzen Weg ins Krankenhaus ist, dusche ich ausgiebig und ziehe eine saubere Uniform an. Dann suche auch ich den Captain auf.

»Der Safetyofficer sah nicht gut aus«, meint dieser. »In der Theorie kennt er alle Verordnungen, SOLAS und so weiter, bis ins kleinste Detail und seine Pflege der Rettungsboote und Sicherheitsgeräte ist ausgezeichnet, aber ich muss ihn wohl entlassen!«

Verständlich, er muss ja an den Brennpunkten einer möglichen Katastrophe einen kühlen Kopf behalten!

An der Bar treffe ich Herbert wieder. Wir stoßen auf die gelungene Aktion unsererseits an.

»Ich musste den Mann noch eine lange Zeit im Griff behalten! Als der Wachmann kam, hatte er die Handschellen vergessen. Es dauerte wirklich eine halbe Stunde, bis er sie gefunden hatte!«

Vom Captain erfahre ich noch, dass die beiden Kampfhähne aus demselben Dorf in Honduras stammen und sich deshalb wohl schon seit ihrer Kinderzeit kennen.

Am nächsten Morgen in Curaçao stehen drei gefeuerte Männer auf der Pier und warten auf das Taxi zum Airport: der Safetyofficer, der Wachmann und der »Schaufelmann«.

Vorsorglich sage ich zum Captain: »Halten Sie noch den ›Schaufelmann‹ zurück! Ich muss vorher das Krankenhaus in Aruba anrufen. Es ist keineswegs sicher, dass der Patient überlebt. Wir könnten eine Situation mit Todesfolge haben. Was ist dann mit dem juristischen Nachspiel?«

Der Captain murmelt sich etwas in seinen Bart. Ich verstehe ungefähr dies: »Egal, wir lassen ihn gehen. Die Gesellschaft will kein Aufsehen – und schon gar nicht in den Medien!«

Mehrere Anrufe an den nachfolgenden Tagen ergeben, dass der Patient stabil ist und auf dem Wege der Besserung. Keine Schädelfraktur!

13. Zweiter Urlaub vor Venezuela

Inzwischen ist ein Jahr vergangen. Mein Freund Gerald von der Marina in Aruba ist nach Bonaire umgezogen, die Liegegebühr war ihm zu teuer geworden. Ich beschließe, *Amanda* nach meinem Segeltörn vor den Küsten Venezuelas wieder im Boatyard Spice Island in Grenada an Land zu setzen. Diese Reise ist viel schwieriger als umgekehrt, da es gegen Wind und Strom geht, deshalb mache ich sie besser allein.

Vorher ist es nötig, dass *Amanda* noch an Land gesetzt wird: Das Propellerwellenlager muss ausgewechselt werden, außerdem braucht sie einen neuen Unterwasseranstrich mit Antifouling, kurz – für diesen harten Törn muss sie im Bestzustand sein.

Mir fällt ein, hinter dem Flughafen an der Lagune einen Slip mit Wagen gesehen zu haben. Hoffnungsvoll gehe ich dort mit *Amanda* vor Anker und frage.

»Klar, wenn dieses Fischerboot fertig ist, kommen Sie dran«, lautet die Antwort.

Ein paar Tage muss ich warten, und als es endlich so weit ist, gibt der alte Dieselmotor der Winsch seinen Geist auf. Ohne den können wir den Slip-Wagen mit meinem Boot nicht aus dem Wasser ziehen. Leider hat der Besitzer nicht mehr die Absicht, ihn zu reparieren, da er das Gelände schon verkauft hat und beruflich etwas anderes machen will. In der Nähe gibt es eine Kaimauer. Ich könnte einen Kran dorthin bestellen, aber da ist weder Leitungswasser noch Elektrizität.

Im Club Nautico haben sie eine Liste mit wochenlanger Wartezeit für das Aufschleppen, leider auch nur für Mitglieder. Im Containerhafen gibt es mehrere Kräne und auch eine geeignete Ecke, wo schon zwei einheimische Boote stehen. Doch der Hafenkapitän will nicht helfen, er lehnt unfreundlich ab.

Dann sehe ich im Bucuti Yacht Club zwei Boote an Land stehen, an denen fleißig gearbeitet wird. »Okay, wenn die beiden Boote nächste

Woche ins Wasser gehen, kann der Kran Ihr Boot für ein paar Tage an diese Stelle setzen!« Alles geht glatt und ohne Unfälle.

Endlich ist *Amanda* wieder im Wasser. Ich warte auf etwas weniger Wind für den Sprung nach Curaçao, die schwierigste Strecke der Reise. Aruba liegt südlich des Hurrikangürtels. Die statistische Erwartung eines Volltreffers ist nur einmal im Jahrhundert. In der Hurrikansaison, wenn so ein Wettergebilde nördlich durchzieht, kann man hier an zwei oder drei Tagen im Jahr Windstille haben oder sogar umgekehrte Bedingungen, dass der Wind von Westen kommt. Aber zu dieser Jahreszeit weht der Wind unablässig, entweder stark oder sehr stark aus Osten, wo ich ja hinwill. Warten hat also jetzt keinen Zweck.

Ich verabschiede mich von Zoll und Immigration und segele in die Nacht hinein, in der Hoffnung, dass nun etwas weniger Wind ist als tagsüber. Segeln, das heißt jetzt motorsegeln. Um hier weg nach luv, dorthin, wo der Wind herkommt, zu fahren, bräuchte man schon ein gutes Regattaboot, wie für den Admiralscup. Kaum habe ich den Windschatten der Insel verlassen, weht es auch schon mit sechs bis sieben Beaufort (30 bis 35 Knoten) Wind. Das GPS ist nicht nur gut zur Positionsbestimmung, sondern hat auch noch eine ganze Reihe anderer Funktionen, zum Beispiel die Fahrt über Grund. Die ist jetzt nur um die drei Knoten (ein Knoten = 1,852 km/h, also nur 5,5 km/h), manchmal wird auch Null angezeigt, wenn eine größere Welle das Boot zurückwirft. Die Strömung ist schätzungsweise um die zwei Knoten von gegenan.

Da es im Cockpit sehr nass ist, verziehe ich mich in die Kajüte und stecke nur in kurzen Abständen den Kopf hinaus, um Ausschau zu halten. Ohne die elektronische Selbststeueranlage (Autohelm 2000) müsste ich selber rudergehen, und das wäre hier sehr harte Arbeit. Allerdings werde ich in der Kajüte herumgeschüttelt wie ein Käfer in einer Streichholzschachtel in der Hand eines Kindes. Ein Mitsegler, der jetzt in der engen Kajüte herumkotzen würde, wäre das Letzte, was ich gebrauchen könnte.

Nach Mitternacht wird es etwas besser. Am nächsten Vormittag kommt Curaçao in Sicht. Nachmittags bin ich vor Willemstadt und rufe über UKW den Hafenmeister an, damit er die berühmte Pontonbrücke öffnen lässt. Nach dem Einklarieren bei Zoll, Hafenamt und Immigration segele ich noch ein paar Meilen weiter nach Spanish Water, einer verzweigten und sehr geschützten Ankerbucht.

Der schwierigste Teil der Reise ist vorüber. Nach Bonaire kann man es in einem halben Tag schaffen. Von dort segele ich mit halbem Wind von der Seite nach Puerto Cabello in Venezuela. Einklariert wird mit Hilfe von Carlos, dem Agenten.

Am nächsten Tag mache ich mit Carlos eine Stadtrundfahrt. Fort Solano liegt eine Meile südlich der Stadt auf einem Berg. Wir haben einen fantastischen Ausblick über die ganze Umgebung.

Zurück im Yachthafen, treffe ich einen Segler, der in einem Nationalpark, etwa 25 Seemeilen von hier, total ausgeraubt wurde. Drei Einheimische, mit Pistolen bewaffnet, kamen an Bord, als er vor Anker lag. Sie fesselten ihn und seinen Mitsegler und schraubten dann alles ab, was irgendeinen Wert hatte, wie GPS, UKW, Fishfinder und so weiter. Nach Erpressung einiger hundert Dollar, die an Bord versteckt waren, zogen sie endlich ab. Wie immer in diesen Ländern war die Polizei nicht hilfreich.

Über Waffen an Bord gibt es unter Langfahrtseglern eine unendliche Diskussion, ähnlich wie über das beste Bootsbaumaterial. Ich meine, wenn Sie vom beruflichen Hintergrund her an Waffen gewöhnt sind, zum Beispiel als Polizist, Militär, Jäger oder auch Sportschütze, und sie in exzellenter Weise beherrschen, kann es sinnvoll sein, sie mitzunehmen. Das Einklarieren damit ist allerdings sehr mühselig. Sonst lassen Sie die Finger davon. Abgesehen von den legalen Komplikationen können die Waffen auch sehr leicht gegen Sie selbst gerichtet werden.

Auch in dieser Gegend, an der Küste Venezuelas, herrscht der Passat vor, aber meistens nur während des Tages. Nachts ist häufig Windstille oder der Wind fällt von den hohen küstennahen Bergen herab. Also fahre ich wieder in die Nacht hinein. Kein Wind direkt auf die Nase, das ist schon ein Vorteil! Größere Schiffe kommen kaum so nahe an die Küste, aber ich muss auf die Fischerboote achten. Gewöhnlich zeigen sie ein weißes Licht. Vor den Netzen habe ich keine große Angst. Um zu vermeiden, dass sie den Propeller blockieren, habe ich ein langes Flacheisen zwischen Kiel und Ruder angebracht.

Am nächsten Tag ist der Wind nur schwach. Ich fahre weiter unter Motor gen Osten an der Küste entlang. Das Fischerboot dort folgt mir schon die ganze Zeit, ein Holzboot mit Außenbordmotor, sechs Meter lang, drei Männer Besatzung. Falls sie keine guten Absichten haben – alles liegt schon bereit.

Das fremde Boot ist jetzt gleichauf, etwa fünf Meter neben mir. Keine Netze im Boot! An der Kleidung der drei Männer, zwischen 25 und 40 Jahre alt, sehe ich zunächst keine landesunüblichen Auffälligkeiten. *Amanda* fährt natürlich unter der Selbststeueranlage stetig nach Osten, sodass ich mich voll auf meine »Gäste« konzentrieren kann.

»Para la machina!«, ruft der Älteste von ihnen herüber. Stopp die Maschine, heißt das. In diesem Falle ziehe ich es vor, kein Spanisch zu verstehen. Mein Gesichtsausdruck signalisiert: Mein Name ist Hase, ich wohne im Walde! Dabei zucke ich mit den Schultern. Sie beraten eine Weile, was sie machen sollen. Wenn Sie, lieber Leser, jemals versucht haben, über die Sprachbarriere hinweg mit jemandem zu kommunizieren, der nicht besonders intelligent ist, können Sie die begleitende Frustration verstehen.

»Aduana, aduana!«, gestikuliert der Ältere (aduana = Zoll).

Ich zeige die gleiche Reaktion.

»Passaporte, passaporte, passport!«, schreit er jetzt.

Da fällt mir auf, dass die Hose, die er trägt, früher einmal zu einer Uniform gehört haben könnte. Ich lasse sie trotzdem nicht an Bord.

Ich weiß nicht, ob die Männer ahnen, was hinter dem Relingskleid ohnehin auf sie gerichtet ist. Abgesehen davon habe ich immer alle wichtigen Sachen in einem Plastikcontainer am Niedergang. Die Amerikaner nennen ihn »panic bag«. Ohne sie aus den Augen zu lassen, nehme ich meinen Pass heraus. Großzügig blättere ich ihn vor ihren Augen durch und zeige auf den letzten Stempel. Dann entfalte ich das Papier, das ich in Puerto Cabello bekommen habe. Sie könnten jetzt sagen, dass sie mein Boot nach Drogen untersuchen wollen, doch das tun sie nicht. Sie drehen ab. Besser für sie!

Ein paar Tage später bin ich in Puerto la Cruz. Ich treffe Pim, einen Holländer, der hier schon jahrelang für die Ölfirmen arbeitet. Er kennt Land und Leute sehr gut.

»Das Land könnte so reich sein wie Saudi-Arabien«, sagt er.

Als ich ihm die letzte Episode schildere, bemerkt er: »Ja, das ist hier so: Zoll oder auch Polizei – nachdem die Burschen aus irgendeinem Grunde entlassen worden sind, machen manche dann einfach auf eigene Faust weiter!«

In Puerto La Cruz gibt es einige bewachte Marinas. Hier kann man das Boot sicher liegen lassen und auf einen Trip ins Landesinnere gehen, zum Beispiel nach Merida in den Anden, zu den Angel-Wasserfällen, den Guacharo-Höhlen oder ein Indiodorf besuchen. Ich verschiebe das aufs nächste Mal und baue noch eine zusätzliche Luke – Skylight – in das Dach der Kajüte, damit mehr Licht und Luft hereinkommt. Beim Grillen in der Marina de Oriente treffe ich viele andere Segler wieder.

Weiter geht es meistens des Nachts bis zum Cabo San Francisco, kurz vor Trinidad. In diesem Teil Venezuelas reicht der Wald bis ans Meer. Neben dem Ankerplatz mündet ein kleiner Fluss. Da der Dschungel hier sehr unwegsam ist, wate ich im Fluss ein paar hundert Meter in den Regenwald hinein. Hier gibt es noch Giftschlangen und giftige Tausendfüßler. Ich sehe einige Orchideen, von Kolibris umschwirrt.

Da ich weiß, dass die Wasserversorgung in Grenada – meinem letzten Ziel dieser Reise – schwierig sein kann, fülle ich noch alle Tanks und Kanister mit dem sauberen Wasser aus dem Fluss. Es ist überhaupt eine gute Regel beim Fahrtensegeln: Wenn die Möglichkeit besteht, irgendetwas aufzufüllen, wie Wasser, Diesel, Proviant, tun Sie es! Sagen Sie nicht: Die Tanks sind noch halb voll! Die Lage kann sich im nächsten Hafen schnell ändern, zum Beispiel durch Rohrbrüche oder Versorgungsengpässe! Überhaupt ist in der Karibik nicht alles so verlässlich wie in Europa. Ein Sprichwort sagt, dass man hier fast alles bekommen kann, aber nur nach einer Komödie der Irrungen.

Wieder in Grenada! An den vielen geschützten Ankerplätzen der Südküste kann man wochenlang eine gute Zeit verbringen mit Inselwandern, Schnorcheln, Tauchen und Grillen am Strand, die Sonntage auf Hog Island sind berühmt dafür. Dort haben Sie Ruhe zum Lesen oder auch, um ein Buch zu schreiben …

Wie am Anfang meiner Zeit in der Karibik setze ich *Amanda* im Boatyard Spice Island Marina an Land. Laut Don Street, der viele Reiseführer für Segler in der Karibik verfasst hat, der schönste Boatyard in der Karibik.

14. An Bord und in den Häfen

Nun beginnt wieder mein Dienst auf dem Kreuzfahrtschiff mit 24 Stunden Rufbereitschaft, jede Woche neue Passagiere, überwiegend Nordamerikaner und Brasilianer.

Mit der Führung über die nautische Brücke bekomme ich langsam Routine. Wir haben jede Woche meistens zehn bis 20 deutsche Passagiere an Bord. An einem Tag auf See hole ich sie vom Treffpunkt ab. Im Gänsemarsch geht es zur Brücke. Das Schiff schwankt und rollt immer etwas im offenen Meer. Manche Leute haben damit Schwierigkeiten und taumeln beim Gehen ein wenig hin und her.

»Erinnern Sie sich an die alten Stummfilme, watscheln Sie wie Charly Chaplin, damit Sie nicht hinfallen!«, rate ich ihnen.

Mir ist während meiner Zeit auf dem Schiff schon aufgefallen, dass die Nüchternen bei leichten Schwankungen in Schlangenlinien laufen, während die Angetrunkenen geraden Kurs halten.

Auf der Brücke angelangt, beginne ich mit einem Scherz: »Meine Damen und Herren, haben Sie schon bemerkt, dass Sie auf einem Geisterschiff fahren? Es steht niemand am Ruder! – Des Rätsels Lösung: Das Schiff läuft mit diesem automatischen Piloten! Wenn man an dem Rädchen die Gradzahl für den Kurs eingestellt hat, fährt das Schiff immer geradeaus in die gewünschte Richtung. Bitte nicht an dem Rädchen drehen, sonst landen wir möglicherweise noch in Kolumbien! Sie wissen sicher, wie gefährlich es dort zur Zeit ist!«

Natürlich sind noch zwei Wachhabende auf der Brücke, einer sucht mit dem Fernglas den Horizont ab, der andere beobachtet die Geräte und schaut ab und zu auf den Radarschirm. Im Moment halten sie sich aber im Hintergrund.

Jetzt erkläre ich den Fahrgästen die Funktion der einzelnen Geräte von Radar über Echolot bis zur Satellitennavigation. Dann geht es weiter.

»Hier an der Rückwand sehen Sie die große Schalttafel zur Kontrolle und Bedienung der Feuertüren unten im Schiff, damit können im Notfall alle Departments einzeln wasserdicht verschlossen werden, natürlich erst, wenn die letzte Person die Abteilung verlassen hat!«

Einige Passagiere fragen nach den technischen Details des Schiffes.

»Passagierkapazität: 830 Personen,
Besatzung: 344 Personen,
Reisegeschwindigkeit: 14 bis 17 Knoten,
Brutto-Tonnage: 24.000 Tonnen,
Länge: 195,5 Meter, Breite: 24,5 Meter,
Tiefgang: 8,35 Meter.«

Anschließend geht es in den Kartenraum hinter der Brücke.

»Hier sehen Sie unseren Kurs in der Karte. Wenn man vom Kartenkurs zum wirklichen Steuerkurs am Kompass umrechnen will, muss man noch die örtliche Missweisung berücksichtigen, die hier in der Karte steht, weil die magnetischen und geografischen Nord- und Südpole nicht übereinstimmen, und man muss die Deviation (Abweichung) des Steuerkompasses durch die umgebenden Eisenteile, die man aus dieser Tabelle nimmt, mit einrechnen.«

Bei der Erklärung des Wetterfaxgerätes komme ich auf die Hurrikane zu sprechen.

»Von Juni bis November ist in der Karibik Hurrikansaison mit einem Maximum im September. Hier habe ich eine seltene Konstellation für Sie aufgehoben, ein Fax, das am 29. August 1995 gleich vier Hurrikane über dem Nordatlantik zeigt. Für unser Schiff ist es kein großes Problem, den Hurrikanen auszuweichen, da man sie schon tagelang vorher auf dem Satellitenbild/Wetterfax sehen kann. Ihre Zuggeschwindigkeit entspricht etwa dem Passatwind, der sie vor sich herschiebt, also genug Zeit für Schiffe mit Wetterfax, den Kurs entsprechend zu ändern. Als Hurrikan Luis auf unser Ziel Antigua zusteuerte, hat der Captain einfach Kurs auf Trinidad, weiter südlich, genommen und

Port of Spain als Ausweichhafen benutzt. Bislang mussten wir also nur einmal in vier Jahren einem Hurrikan ausweichen.«

Anschließend beantworte ich noch Fragen.

»Was für Fische gibt es hier?«

»Thunfische, Barrakudas, Haie, Segelfische, Schwertfische, Marlin oder Speerfische.«

»Könnte ich vom Deck aus angeln?«

»Im Prinzip schon, aber Sie würden es nicht schaffen, die größeren Fische an Bord zu ziehen.«

Da Angler meistens übertreiben, wie groß die Fische waren, die sie gefangen haben, erzähle ich bei dieser Gelegenheit die Geschichte aus dem Fischereiverein in Aruba.

»Einer der Fischer, ein bekannter Prahlhans, hat wieder einmal über den Durst getrunken, und die Fische werden immer größer, die Spannweite seiner Arme reicht kaum noch aus, um ihre Länge zu zeigen. Das Problem ist nur, dass er mit dieser Bewegung alle Gläser auf dem Bartresen umwirft. Der Dorfpolizist sitzt zufällig neben ihm, und das Bier auf seiner schmucken Uniform gefällt ihm gar nicht. Er reagiert damit, dass er dem Prahlhans seine Handschellen anlegt – mit seinen Händen kann dieser aber immer noch einen Kreis beschreiben:

»Letzte Woche habe ich einen Fisch gefangen, der hatte sooo große Augen …«

Weiter wird gefragt: »Könnte ich jetzt Wasserski laufen?«

»Im Prinzip ja, aber der Captain würde verrückt, wenn wir jedes Mal anhalten müssten, nachdem Sie ins Wasser gefallen sind!«

»Welche Kabine hat der Klabautermann?«

Die Deutschen haben noch eine teilweise romantische Vorstellung von der Seefahrt, während die Amerikaner ganz andere Fragen stellen.

»Sie tauschen doch sicher jedes Jahr aus Sicherheitsgründen alle Geräte auf der Brücke komplett aus?«

»Natürlich nicht, wir sind doch nicht die NASA!«

Und häufig fragen sie auch an anderen Stellen auf dem Schiff: »Wann ist das Midnight-Buffet?«

Doch zurück zu unseren Deutschen. Auf einem weiteren Wetterfax zeige ich ihnen eine Reihe von Tiefdruckgebieten im Nordatlantik und wie sie in Richtung Nordsee ziehen.

»Die deutsche Bucht fängt die Tiefdruckgebiete ja geradezu ein, und die Norddeutsche Tiefebene hätte wegen des meistens deprimierenden Wetters eigentlich gar nicht zur Besiedelung freigegeben werden dürfen!«

Eine Frau aus Cloppenburg nimmt den Scherz etwas zu ernst, und mit besorgter Stimme fragt sie: »Wo sollen wir denn sonst noch hin?«

An einem Donnerstag laufen wir wieder Barbados an, wo die deutschen Passagiere nach der einwöchigen Kreuzfahrt von Bord gehen. Ich treffe eine aufgeregte Frau, die mich um Hilfe bittet.

»Was ist denn passiert?«

»In einer halben Stunde müssen wir das Schiff verlassen!«

»Ja, selbst der schönste Urlaub geht einmal zu Ende!«

»Aber mein Mann hockt ganz nackt in unserer Kabine! Als er gestern Abend schlief, habe ich alle Kleidungsstücke in die Koffer gepackt und nicht bedacht, dass er ja auch etwas zum Anziehen für die Reise braucht. Die Koffer sind jetzt schon längst am Flughafen!«

»Kein Problem, gehen Sie zu den Andenkenbuden am Terminal und kaufen Sie ihm ein T-Shirt und so ein lustiges Strandhöschen, damit kommt er allemal zum Flughafen!«

»Herzlichen Dank, ich bin ja so erleichtert!«

In Barbados und Aruba liegen manchmal bis zu fünf Kreuzfahrtschiffe gleichzeitig im Hafen. Häufig besuche ich dann die anderen Schiffsärzte. So auch heute. Ich warte noch einen Augenblick an der Pier, bis der Kollege seine Sprechstunde beendet hat.

Ein Teil der Mannschaftsmitglieder hat Ausgang und kommt die Crew-Gangway herunter. Einige tragen noch Uniform, bei denen ist es nicht schwer, ihre Funktion zu erkennen. Doch bei den Übrigen in Zivil ist es mit etwas Erfahrung erstaunlich leicht, auf ihren Job an Bord zu tippen: Die hübschen blonden Schwedinnen sind von der Rezeption, die blassen Filipinos ganz klar aus der Wäscherei tief unten im Bauch des Schiffes. Diese Kettenraucher mit schwarzen Fingernägeln und schwarz gelockten Haaren sind Griechen aus dem Maschinenraum; der elegante junge Mann – wahrscheinlich portugiesischer Abstammung – wohl ein Kellner aus dem Speisesaal und der gedrungene, rothäutige Karibe sicher vom Deckspersonal.

Einige Köpfe drehen sich um nach dem nächsten Geschöpf, das jetzt die Gangway herunterstöckelt: Perücke wie die Mähne eines Löwen, Bluse wie das Fell eines Leoparden, Make-up fast wie paniert, wahrscheinlich Silikonimplantate, das muss eine Sängerin aus dem Entertainment sein, hat bestimmt einige Jahre in Las Vegas gearbeitet. Vielleicht Pamela Anderson inkognito? Nein, zu den Passagieren kann sie nicht gehören, denn die Gangways für Crew und Passagiere sind strikt getrennt. Die Pässe werden den neuen Crew-Mitgliedern beim Anheuern abgenommen, dafür bekommen sie aber eine Art Ausweis oder Identitätskarte, eine blaue für an Bord, eine weiße für den Landgang. Diese werden in einem Wandkasten an der Crew-Gangway ausgetauscht, wenn der oder die Betreffende an Land geht oder zurückkommt. So kann man immer leicht feststellen, wer an Land und wer an Bord ist.

Der Kollege Schiffsarzt führt mich jetzt über sein Schiff, und ich zeige ihm dafür später die Vasco da Gama / Sea Wind Crown. Die kastenförmigen neuen Schiffe ähneln sich sehr auch im Inneren, eben wie schwimmende Hotels: Speisesaal, Showroom, Kasino, Giftshops, keine großen Unterschiede. Auf unserem Schiff hingegen werden die alte portugiesische Kapelle und die lebensgroße Statue Vasco da Gamas immer wieder bestaunt. Wenn Schiffe eine Seele haben sollten, dann hätte die Vasco da Gama sogar einen Sitz dafür!

Außerhalb der Reihe der klassischen alten und kastenförmigen neuen Kreuzfahrtschiffe habe ich noch zwei andere Typen besichtigt: Die Radisson Diamond ist ein riesiger Katamaran. Als ich den Schiffsdoktor besuche, erzählt er mir, dass die Rollbewegungen hier nahezu ausgeschaltet sind, sodass er selten Seekranke zu Gesicht bekommt. Es soll ja allerdings Leute geben, denen schon auf einer Bootsausstellung schlecht werden kann.

Für diese armen Menschen wäre ein Schiff aus der Serie der Star Clipper sicher nichts. Die betreffende Gesellschaft stieg mit den Großseglern Star Flyer und Star Clipper ins Kreuzfahrtgeschäft ein. Später hat sie den fünfmastigen Royal Clipper (228 Passagiere, 106 Crewmitglieder) in Dienst gestellt. Diese Schiffe unternehmen meist einwöchige Reisen in der Karibik oder im Indischen Ozean. Die Passagiere helfen beim Segelsetzen und -bergen, dürfen sogar – wenn sie fit sind – in die Takelage aufentern.

In Grenada und St. Lucia, als wir zufällig zur selben Zeit wieder im Hafen liegen, besuche ich einige Male den Captain auf dem Star Clipper.

»In unserer kleinen Mannschaft haben die Leute meist mehr als nur eine Funktion, zum Beispiel Zahlmeister und Oberkellner oder Entertainer und Tourofficer. Einen fest angestellten Schiffsarzt haben wir nicht (schade!), unter den Passagieren ist immer ein Arzt, der für seine Dienste eine freie Kreuzfahrt bekommt.«

Mein Freund Damian, der Jongleur, hat hier mal eine Woche ausgeholfen. Er berichtet, wie schwierig es war, auf dem geneigten Deck und bei Wind zu jonglieren. Als Führer bei den Wassersportaktivitäten hatte er alle Mühe, die begeisterten Schnorchler beieinanderzuhalten. Insgesamt aber schwärmt er von der romantischen und nostalgischen Atmosphäre auf diesem Schiff. Die alten Windjammer waren ja die »Raumschiffe« ihrer Zeit, ein letztes Stadium, in dem die Technik noch schön war.

In Barbados stehe ich eines Tages an einer geschützten Stelle an Deck und beobachte ein tropisches Unwetter. Es gießt in Strömen.

Die Straßen sind überflutet. Regenschirme werden den Menschen vom Sturm aus der Hand gerissen. Eigentlich will ich das Ablegemanöver beobachten, aber wir haben Verspätung, da noch einige Passagiere an Land festsitzen.

Endlich treffen die Letzten an der Gangway ein.

»Wir haben drei Stunden mit dem Bus festgesessen!«

»Das Wasser stieg bis an die Sitzflächen. Der Fahrer hatte sich davongemacht, angeblich, um Hilfe zu holen. Schließlich haben wir uns auf eigene Faust bis zum nächsten Dorf durchgeschlagen!«

»Unsere Fotoapparate sind ruiniert!«

»Die Dorfbewohner haben uns erzählt, dass wir von dem Wasser krank werden könnten!«

Ich beruhige die völlig durchnässten Touristen.

»Stimmt nur indirekt und nur für die Einheimischen! Ihre Jauchegruben laufen über, das Wasser treibt mehr Ratten in die Behausungen. Später kann es auch mehr Fälle von Denguefieber geben, da die Mücken reichlich stehendes Süßwasser zur Vermehrung haben. Hier, wo wir immer anlegen, gibt es glücklicherweise keine Malaria!«

Dann beobachte ich das Ablegemanöver: Obwohl hier jeder gut Englisch spricht, klappt es dieses Mal mit der Kommunikation anscheinend nicht gut. Mit einigen tausend PS zieht das Tugboat (der Schlepper) das Heck unseres Schiffes von der Pier weg, obwohl die Landleine noch fest ist. Vorne sind wohl alle auf das Bugstrahlruder konzentriert, das durch seitlichen Schub – durch Propeller in einem Rohr quer zur Längsrichtung des Schiffes – den Bug von der Pier wegbringt. Landleine und Tau zum Schlepper sind zum Zerreißen gespannt! Auf dem Tugboat wissen sie nur zu gut, was passieren kann, niemand lässt sich auf dem Achterdeck blicken, falls das Tau reißt, sind alle in voller Deckung. Wenn so ein Tau bricht, schnappt es zurück wie ein riesiges Gummiband. Mehr als einmal sind schon Menschen davon erschlagen worden.

Fünf unserer Seeleute warten noch auf dem Achterdeck, um die

Leinen hereinzuwinschen. Vom Schlepper aus kann man nicht sehen, dass unsere Landleine auf der anderen Seite noch fest ist. Offenbar klappt die Verständigung über UKW immer noch nicht! Gerade habe ich mich überwunden, will mich mit dem Hinweis über UKW einschalten, dass der Schlepper viel zu stark und viel mehr als notwendig, um das Heck von der Kaimauer freizuhalten, an der Leine zieht – da stoppt der Schlepper für einen Moment, und die Leine wird endlich losgeworfen!

Mir ist voll bewusst, wie lächerlich es gewesen wäre, wenn der Schiffsdoktor dem Captain Ratschläge zum Ablegen gegeben hätte. Aber eine Woche später hören wir die Nachricht, dass hier an dieser Stelle in Barbados ein Seemann von einem brechenden Festmacher erschlagen wurde, der Kopf fast abgetrennt, das Gehirn musste vom Achterdeck eingesammelt werden.

15. Die neue Gesellschaft

Nach einem Jahr endlich wieder Urlaub! Ich segele von Grenada nach Aruba, da ich dort im Bucuti Yacht Club einen sicheren und preiswerten Platz für *Amanda* gefunden habe. Segeln ist übrigens in Aruba gar nicht so populär, weil fast immer zu viel Wind ist. Was eigentlich Freizeitbeschäftigung sein soll, artet oft in harte Arbeit aus. Der Club beschäftigt sich hauptsächlich mit Sportfischen. Wie einst Hemingway jagen sie Barrakuda, Haie, Marlin, Kingfish, Schwertfisch, Red Snapper und wie die Fische alle heißen.

Amanda liegt am Steg im Yachtclub. Mitten in der Nacht werde ich durch ein tropisches Gewitter aufgeweckt. Fasziniert beobachte ich die zuckenden Blitze und die bedrohlichen schwarzen Wolken. Und noch etwas passiert: Die Fische im Wasser spielen verrückt und versuchen sich gegenseitig mit Luftsprüngen und Saltos zu überbieten. Um das Schauspiel besser beobachten zu können, setze ich mich neben *Amanda* auf die Pier. Da landet auch schon ein etwa 60 Zentimeter langer Barrakuda auf dem Steg neben mir! Kein Anglerlatein!! Ich stecke ihn sofort in die Eisbox. So viel über Fangglück, wahrscheinlich sollte ich öfter fischen gehen! Aber der Urlaub ist leider vorbei. Ich werde zum dritten Mal auf dem Kreuzschiff anheuern.

Heute ist Sonntag. Die Seawind Crown sollte normalerweise wieder im Hafen von Oranjestad liegen. Ich müsste sie eigentlich vom Bucuti Yacht Club aus gut sehen können. Doch da liegt kein weißes Schiff im Hafen, so wie ich es in Erinnerung habe. Erst beim Näherkommen erkenne ich, dass die Seawind Crown jetzt unter blauer Farbe ist. Später erfahre ich, dass sie von einer anderen Gesellschaft gekauft wurde. Diese hat noch fünf andere ältere Schiffe erworben und alle, bis auf das »dicke rote Schiff«, blau anmalen lassen. Das Konzept ist, mit dieser Flotte aus klassischen und romantischen Schiffen eine Alternative zu den Megaschiffen und schwimmenden Hotels anzubieten. Das hört sich zunächst ganz gut an.

Die alte Routine beginnt wieder mit den Rettungsboot-Drills. Plötzlich fällt Nummer vier aus den Davits (Bootskräne), und diese kollabieren aufeinander zu. Mit dem Bug zuerst trifft das Boot nach einem freien Fall von zehn Metern auf das Wasser. Der Bug spaltet sich und es droht auf halbe Tauchstation zu gehen. Sinken würde es wahrscheinlich nicht wegen der eingebauten Luftkammern. Mit Hilfe der anderen Rettungsboote gelingt es, das Boot unter einen Containerlifter zu bringen, der es dann aus dem Wasser hebt. Die Ursache war ungleichmäßige Bedienung der Kabel, die das Boot zu Wasser lassen. Der Rest der Übung für heute wird abgesagt.

Beim nächsten Drill, eine Woche später, will keiner von der Crew in die Rettungsboote einsteigen. Da muss der Captain ein Machtwort sprechen: »Wer sich weigert, wird fristlos entlassen und sofort nach Hause geschickt!«

Alle steigen wieder ein. Nach einer Woche ist die Sache fast vergessen.

Ein neuer Kapitän kommt an Bord, Captain Nick, erst 40 Jahre alt. Man sagt, dass er gute Freunde in der Gesellschaft habe. Blond, mit Bart, kräftig und etwas beleibt, sieht er fast wie ein Wikinger aus. Während der wöchentlichen Gala mit Vorstellung der Offiziere und Entertainer auf der Bühne im Showroom macht er eine hervorragende Figur. Bei den häufigen und ausgelassenen privaten Partys der Schickeria – so nenne ich mal die jungen hübschen Mädchen aus Beautysalon, Giftshop und Entertainment, die sehr von ihrer eigenen Schönheit überzeugt sind, für die das äußere Erscheinungsbild alles bedeutet – macht er wacker mit, obwohl er natürlich nicht so viel Freizeit hat wie diese. Da kann sich schon mal ein Schlafdefizit einstellen …

Frühmorgens in St. Lucia erzittert das ganze Schiff.

»Schau mal nach, was passiert ist!«, sage ich zu Rita, meiner Krankenschwester aus Brasilien. »Ich mache derweil die Sprechstunde weiter.«

Sie kommt zurück: »Der Captain ist voll auf die Kaimauer gebrummt! Niemand verletzt, aber da vorne ist ein ganz großes Loch! Ich glaube, wir sinken!«

»Nee«, beruhige ich sie, »da sind ein paar Kollisionsschotten, die das verhindern!«

Sie hat sich wohl zu oft den Titanic-Film auf Video angesehen.

Nach der Sprechstunde gehe ich selbst auf die Pier, um mir den Schaden anzusehen. Unsere Mechaniker messen eifrig an dem Loch herum und diskutieren, wie man es am besten reparieren sollte. Der Chefingenieur hat einen Zementmischer auf die Pier bestellt. Jetzt wird der Bug mit 14 Tonnen Zement gefüllt. Erstaunlicherweise macht das in Bezug auf die Wasserlinie gar nichts aus. Das Schiff ist ja so groß. Dann wird das Loch provisorisch zugeschweißt. Der Captain ist nicht zu sehen. Souverän leitet der Chefingenieur die Arbeiten. Unsere Abfahrt wird von normalerweise 16 Uhr auf Mitternacht verschoben.

Alle erwarten, dass Captain Nick gefeuert wird – das passiert jedoch nicht! Es ist doch gut, wenn man Freunde in den höheren Rängen der Gesellschaft hat! Im nächsten Hafen wird der Bug wieder blau gespritzt, wie der restliche Rumpf. Die Reparaturstelle ist nur noch zu sehen, wenn man weiß, was passiert ist.

In der folgenden Woche spielt Rita immer häufiger die Filmmusik von der Titanic, sogar des Nachts kann man sie vor ihrer Kabinentür hören. Auch andere Leute der Crew werden von der »Titanicomania« ergriffen: Wenn zum Beispiel nach anderen Mannschaftsmitgliedern gefragt wird: »Wo ist denn der (oder die) abgeblieben?«, wird jetzt als permanenter Witz (running gag) geantwortet: »Ach, der (oder die) ist auf der Titanic!«

Auch einige jüngere Passagiere werden davon angesteckt. Dem Wachmann wird eingeschärft, besonders auf jüngere Frauen zu achten, die des Nachts auf den Bug klettern und mit ausgebreiteten Armen durch die Finsternis gleiten wollen.

Zurück zur Mannschaft. Manche spielen verrückt auf andere Weise.

Eines Morgens in St. Lucia steht der Bootsmann ganz ratlos in der Tür des Wartezimmers.

»Ich habe mein Wasser verloren!«

Glücklicherweise sind gerade keine Patienten da.

»Was für ein Wasser meinst du denn? Urin? Gehirnwasser?«

»Quatsch, das Wasser aus dem Swimmingpool!«

Dazu muss man wissen, dass die Ein- und Auslassventile sowie die Seewasserpumpen für die beiden Pools in der Nähe des Schiffshospitals liegen.

»Da hat wohl jemand an den falschen Ventilen gedreht!«, vermute ich.

Er zieht wieder ab.

Im Normalfall werden beide Pools in den frühen Morgenstunden, bevor wir im Hafen sind, mit frischem Seewasser gefüllt. Nach der Sprechstunde springe ich häufig selbst in den Pool, also schaue ich mir die Sache mal an: Öliges, dreckiges Hafenwasser schwappt im Pool hin und her! Glücklicherweise sind jetzt fast alle Passagiere an Land.

Sofort rufe ich den Bootsmann.

»Lass das Wasser schnell wieder ab, bevor es der Staffcaptain sieht! Weißt du denn nicht, dass der größte Teil der Kanalisation der Insel hier in diesen Hafen mündet?! Wasch den Pool gut aus! Wenn jemand fragt, erzählst du etwas von einem technischen Defekt an den Pumpen!«

Kurz nach Mittag treffe ich einen brasilianischen Passagier, der mich dringend um Hilfe bittet: Sein Schwager habe einen schweren Unfall erlitten und sei in eine kleine private Klinik an Land eingeliefert worden. Dort sei jedoch zur Zeit kein Arzt verfügbar. Zudem hätten sie Schwierigkeiten mit der Verständigung, da keiner von den Angehörigen die englische Sprache beherrsche.

Wir nehmen ein Taxi und fahren los. Der Passagier berichtet, dass sein Schwager auf eigene Faust schnorcheln gegangen und plötzlich von einem Fischerboot mit Außenborder überfahren worden sei. Die

Fischer hätten ihn ins Boot gezogen, über UKW einen Krankenwagen bestellt und den Patienten übergeben.

In der kleinen Privatklinik sagt mir die Sekretärin, die verzweifelt versucht, sich mit dem Rest der Familie zu verständigen, dass ihr Chef gerade mit einer längeren Operation beschäftigt sei. Ich schaue mir sofort den Patienten an. Er ist bei Bewusstsein und kann klare Angaben machen. Rechts an der Schläfe hat er eine tiefe Kopfwunde durch den Propeller, und der Knochen ist etwas eingesunken, klare Schädelfraktur! Der nächste Schnitt ist am Hals. Hier hätte das Propellerblatt fast die Arteria carotis communis durchgesäbelt. Der Mann hat unheimliches Glück gehabt! Mit angeritzter Carotis wäre er entweder verblutet, oder – wenn jemand sie komprimiert hätte – um einen schweren Schlagabfall wohl nicht herumgekommen. Weitere Wunden sind an rechter Schulter und am Oberarm. Mögliche Komplikationen: Blutungen entlang der Hirnhäute, die Arteria carotis könnte doch noch platzen. Glücklicherweise ist der Kreislauf stabil. Er hat auch schon eine Infusion zur Schockbekämpfung bekommen.

Inzwischen habe ich fast vergessen, wie schnell die Zeit vergeht. In einer halben Stunde ist schon die offizielle Abfahrtszeit für die Seawind Crown. Die Entfernung zum Hafen ist von hier aus nur zwei Kilometer Luftlinie. Über mein UKW-Gerät rufe ich die Brücke.

»Sagt bitte dem Captain, dass wir eine Verzögerung haben. Ich muss noch eine Zeit lang hier in der Privatklinik das Unfallopfer mit Schädelfraktur, Passagier auf unserem Schiff, kontrollieren und behandeln, da kein anderer Arzt verfügbar ist!«

Jetzt muss ich meine Aufmerksamkeit teilen und zwischen den fünf Angehörigen, temperamentvolle und besorgte Brasilianer, und der Sekretärin im Büro der Klinik übersetzen: Englisch – Portugiesisch, Portugiesisch – Englisch, damit die Formalitäten einer Klinikeinweisung wie Personalien, Versicherungen, Vorauszahlung mit Kreditkarten erledigt werden können.

Da höre ich die Stimme von Captain Nick in meinem UKW-Gerät.

Ohne dass ich die Gelegenheit hätte, ihm zu erklären, dass hier ein schwer verletzter Patient noch ärztliche Kontrolle braucht, schreit er mich an: »Egal was passiert, sofort zurückkommen!! Nach dem Plan sind wir das erste Schiff, das den Hafen verlassen muss. Es warten noch fünf andere Kreuzfahrtschiffe auf uns!!«

Also muss ich meine Aufmerksamkeit jetzt auf vier Brennpunkte richten.

Erstens: Der Patient beklagt sich über Schwindel.

Zweitens: Wild schnattern die Brasilianer durcheinander, weil die Visakarte nicht bestätigt werden kann.

Drittens: Die Sekretärin sagt, dass der Patient ohne Vorausbezahlung hier nicht behandelt werden wird.

Viertens: Im UKW-Gerät läuft der Captain mit einer neuen Schimpfkanonade zu Hochform auf …

In aller Ruhe stelle ich das UKW-Gerät leiser und bitte die Sekretärin, sie möge doch noch einmal versuchen, die Verbindung nach São Paulo herzustellen. Währenddessen habe ich den Blutdruck des Patienten gemessen – noch ausreichend! Schwindel nach dem Trauma ist ganz normal. Sicher braucht er noch ein Computertomogramm, so schnell wie möglich.

Aus São Paulo ist keine Bestätigung der Visakarte zu erhalten. Der Patient kann hier nicht behandelt werden, also muss er in das öffentliche Krankenhaus in Castries, der Hauptstadt von St. Lucia, transportiert werden. Nachdem das in die Wege geleitet ist, fahre ich mit der Familie des Patienten im Taxi zur Seawind Crown zurück.

Das Schiff legt sofort ab. Die anderen Kreuzfahrtschiffe haben schon vorher anscheinend problemlos den Hafen verlassen. Nach dem Ablegemanöver kommen Captain, Staffcaptain und Hotelmanager auf mich zu. Sollten sie ärgerlich sein – ich bin es auch!! Dass man einen Arzt bei der Arbeit an einem Schwerverletzten behindern will, kenne ich sonst nur aus Filmen, zum Beispiel, wenn Revolutionäre einen

Operationssaal stürmen oder wenn Kriminelle irgendwie beteiligt sind. Wenn sie einen Skandal wollen, ich spiele mit!!!

Normalerweise habe ich zu den dreien ein gutes Verhältnis, was doch die folgende Diskussion erleichtert. Der meiste Ärger ist schon verraucht. Das Problem ist nämlich das amerikanische Rechtssystem, wie sich jetzt herausstellt. Aus Angst vor Schadenersatzansprüchen hat die neue Gesellschaft für ihre Schiffsführungen die Richtlinie herausgegeben, dass der Schiffsdoktor nicht außerhalb des Schiffes tätig werden soll, selbst wenn es sich, wie in diesem Fall, um Passagiere des eigenen Schiffes handelt.

»Na, das erklären Sie mal den Passagieren!«, sage ich. Aber die drei sind schon zufrieden, dass sie offiziell gegenüber der Gesellschaft ihre Pflicht getan haben, indem sie mich über diese beschämende Richtlinie informiert haben. Natürlich werde ich meine Überzeugung und mein Verhalten nicht ändern, egal was beim nächsten Mal passiert!!

Wie ich aus den nachfolgenden Telefongesprächen erfahre, erholt sich der Patient ohne weitere Komplikationen. Nur eine kleine Operation ist noch nötig, um das Knochenstückchen in der Wunde an der rechten Schläfe in die richtige Position zu bringen.

Als wir nach einer Woche wieder in St. Lucia anlegen, kommt er sogar an Bord, um die Kreuzfahrt fortzusetzen. Er ist 40 Jahre alt und japanischer Abstammung, daher wohl so hart im Nehmen! Von Beruf ist er Künstler, genauer gesagt, ein in Brasilien bekannter Maler. Ich bestelle ihn jeden Tag ins Hospital, um seinen weiteren Heilungsprozess zu kontrollieren, natürlich kostenlos. Er erzählt mir, dass die Regierung von St. Lucia die weise Entscheidung getroffen habe, ihn gratis im Queen Elisabeth Hospital behandeln zu lassen.

Leider ist Captain Nick inzwischen auf ein anderes Schiff der Gesellschaft versetzt worden. Ich hatte vorgehabt, ihm den Patienten am Galaabend vorzustellen mit den Worten: »Erinnern Sie sich an das Missverständnis in St. Lucia?« Und mit der gedanklichen Anspielung: »Als Sie mir befehlen wollten, diesen Patienten im Stich zu lassen?!!«

Wenigstens sind Staffcaptain und Hotelmanager noch verfügbar für diese subtile moralische Lektion.

Die Ironie dabei ist, dass sich die Gesellschaft weniger darum kümmert, wie sich ihre »Marionetten« innerhalb der Hierarchie verhalten, doch größten Wert darauf legt, dass sie gegenüber den Passagieren an Bord geradezu servil auftreten.

Der Patient aber macht gute Fortschritte. In einer Diskussion über seine Arbeiten schlage ich vor, er solle doch in Zukunft etwas surrealistischer malen. Und noch eine Moral von der Geschicht': »Wenn Sie wieder schnorcheln wollen, und es nicht gerade die einsamste Gegend der Welt ist, ziehen Sie eine Boje hinter sich her!«

St. Lucia: Die Pitons.

St. Lucia: Blick auf Soufrière.

Die Äquatortaufe: Neptun und sein Gefolge.

Paniert mit den Speiseresten der Woche.

Der Autor hilft bei der Äquatortaufe.

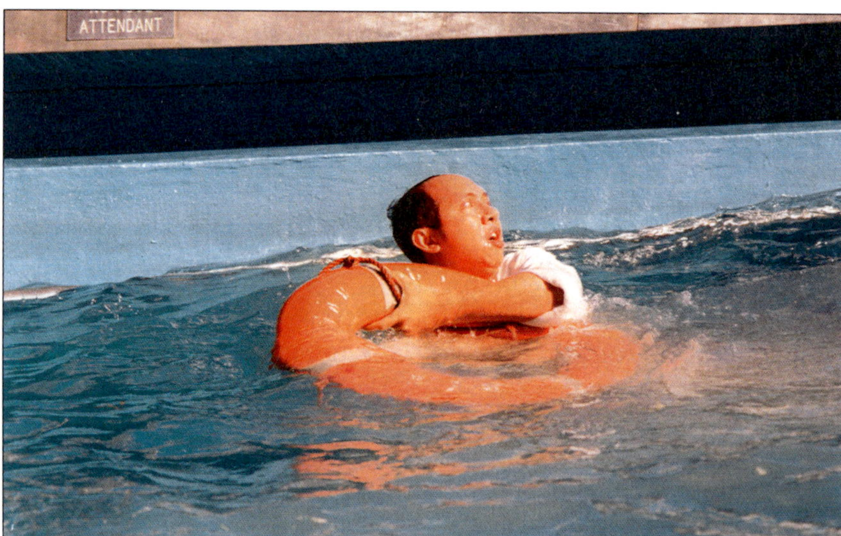

Gerettet!

Curacao: Die berühmte Pontonbrücke.

Im Trockendock in Curaçao.

16. St. Lucia

Wie unsere Passagiere, so gehen auch wir von der Crew in unserer Freizeit manchmal schnorcheln. Ich habe mich einer Gruppe von etwa 20 Passagieren angeschlossen, um mit Mark, dem Tauchlehrer unseres Schiffes, eine Inseltour zu unternehmen. Auf einem für den Tourismus umgebauten Fischkutter verlassen wir den Pointe Seraphine im Hafen von Castries, der Hauptstadt von St. Lucia. Wir blicken zurück auf die malerische Hafenbucht mit sanft ansteigenden grünen Hügeln, in das Grün eingestreut einige Häuser im kolonialen Stil.

Wir umrunden die Ruinen einer alten Festung und fahren mit südlichem Kurs an der geschützten Westküste entlang. Das romantische Panorama der Vulkaninsel mit Regenwald auf den hohen Bergen wird jetzt etwas gestört durch eine Reihe von Öltanks am Ufer. Am Terminal davor hat ein großer Tanker festgemacht. Ich unterhalte mich gerade mit dem Captain des Touristenbootes, der selbst am Ruder steht.

»Ich wusste gar nicht, dass ihr hier auch eine Ölraffinerie habt!«

»Nein, das ist das Öllager der Hess-Brüder aus den USA, das Öl wird hier nicht verarbeitet, die spekulieren nur damit, nutzen die Schwankungen des Ölpreises aus. Aber wir haben nichts gegen sie, weil sie uns viele Straßen gebaut haben, und Arbeitsplätze außerhalb des Tourismus sind rar auf der Insel!«

Die Marigo Bay kommt in Sicht. Eine sandige, mit Palmen bestandene Halbinsel verengt die Einfahrt zu dieser berühmten Bucht. Der Captain erzählt über Lautsprecher, wie Admiral Rodney hier einmal eine ganze Flotte vor den rivalisierenden Franzosen versteckt hat. Ins Rigg gesteckte grüne Zweige ließen die Masten wie die echten Palmen auf der Halbinsel aussehen. Die feindlichen Boote segelten ahnungslos vorbei.

Wir aber drehen eine Runde in der malerischen Bucht. Mich interessiert nicht so sehr, dass der Hollywoodfilm »Dr. Dolittle« hier einmal gedreht wurde, wie der Captain den Passagieren erzählt; ich mache mir Gedanken, ob man hier mit einer Segelyacht Schutz vor einem Hurrikan finden könnte. Wahrscheinlich nicht, da die flache Halbinsel schnell von den riesigen Wellen überspült werden würde, und außerdem stiege in diesem Falle der Meeresspiegel um mehrere Meter, angesogen von dem extrem niedrigen Luftdruck.

Nun geht die Fahrt weiter, immer an der romantischen Küste entlang. Da kommt Mark, unser Tauchlehrer von der Seawind Crown, zu uns ins Ruderhaus. Wie immer trägt er ein rot-weiß gestreiftes T-Shirt. Eine tiefe Narbe auf der Stirn gibt seinem Image als Pirat noch mehr Glaubwürdigkeit.

»Captain, können wir in der nächsten Bucht ankern, damit ich die Schnorchler rauslassen kann?«

»Okay, in der Anse Cochon, kein Problem!«

Er bleibt noch eine Weile bei uns stehen.

»Sag mal, Mark, diese Narbe auf deiner Stirn – welche spanische Galeone wolltet ihr denn entern unter Captain Schwarzbart, als sie dir diese Macke verpasst haben?«, scherze ich.

»Das ist in Panama passiert. Ich arbeitete damals auf einem anderen Kreuzfahrtschiff. Als ich zum Einkaufen in der Stadt war, schnitten mir rabiate Diebe einfach die ganze Hose mit Geldbörse ab, mitten auf der Straße. In Unterhose rannte ich hinter den beiden her und holte sie ein. Da hauten sie mir ein Stück Eisen über den Kopf – erst im Krankenhaus wachte ich wieder auf. Drei Wochen musste ich noch dort bleiben!«

Der Anker fällt in das glasklare Wasser der Anse Cochon.

»Alle Schnorchler bitte aufs Achterdeck!«, ruft Mark.

Er prüft bei jedem Teilnehmer, ob das Band der Taucherbrille richtig auf dem Hinterkopf sitzt, nicht zu hoch und nicht zu tief. Besonders die Anfänger inspiziert er genauestens und gibt letzte Anweisungen.

Auch ich lasse mich wie die anderen ins 27 Grad Celsius warme Wasser gleiten. Dabei erinnere ich mich, wie ich als Kind in Deutschland schon bei zwölf Grad Celsius gebadet habe. Da ist es hier doch viel angenehmer!

»Schön beieinander bleiben!«

Mark bemüht sich, die Gruppe zusammenzuhalten und sie in eine bestimmte Richtung zu lenken, damit nicht einige in Strömungen geraten. Unter uns erstreckt sich der helle Sandgrund, etwa fünf Meter tief. Dann kommt eine Felsformation in Sicht, bewachsen mit Hirschhornkorallen, Seeanemonen, Seefächern, Gehirnkorallen und vielen anderen. Dazwischen tummeln sich zahlreiche, meist farbenprächtige kleine Fische, ein überwältigender Anblick! Am häufigsten und leicht erkennbar sind die Sergeantfische mit ihren schwarz-gelben Streifen wie Rangabzeichen.

»Alle mal herhören!«

Mark steht bis zur Brust im Wasser auf einem Felsen und beginnt, die häufigsten Fische zu erklären.

»Dieser blaue Fisch, der aussieht, als wenn er einen Schnabel hätte, wird Papageienfisch genannt. Der Eindruck eines Schnabels entsteht, weil seine Zähne zusammengewachsen sind, damit kann er die abgestorbenen Korallen besser abbeißen. Der Fisch hat es auf die darauf wachsenden Algen abgesehen. Nachdem diese verdaut sind, kommt hinten feiner weißer Sand heraus. Auf diese Weise produzieren die Papageienfische dieses Areals etwa eine Tonne von schönstem Sandstrand pro Jahr. Und noch etwas, diese Fische sind auch in Bezug auf die Fortpflanzung bemerkenswert. Wenn zu viele Männchen von Raubfischen aufgefressen worden sind, machen einige Weibchen ganz von selbst eine Verwandlung durch und ersetzen dann die fehlenden Männchen. Überlegen Sie mal – in den USA zahlen Sie heutzutage 200.000 Dollar für eine Geschlechtsumwandlung!«

Plötzlich schreit jemand: »Tubarão, tubarão!«

Mehrere Frauen schwimmen in Panik auf Mark zu, klammern sich an ihm fest und ziehen ihn von seinem Rednerpult, dem Felsen, ins Wasser. Er weiß zuerst gar nicht, was das bedeuten soll. Jetzt brechen einige junge brasilianische Männer in Lachkrämpfe aus, so heftig, dass sie fast ertrinken. Einer von ihnen hat sich einen schlechten Scherz erlaubt. »Tubarão« in ihrer Sprache bedeutet nämlich Hai! Aber zum Schluss lachen alle.

Als sämtliche Schnorchler wieder an Bord sind, wird der Anker eingeholt und die Maschine gestartet. Die Bar wird geöffnet, Calypso schallt aus den Boomboxen. Auf dem Oberdeck beginnen einige Fahrgäste zu tanzen.

Ein großer Vorteil dieser Ausflugsfahrten ist, dass sich Passagiere und Mannschaften näher kennenlernen können. Gerade wir von der Crew laufen in der Bordroutine meistens aneinander vorbei. Abends bin ich von den Anforderungen des Tages meistens zu ermüdet, um mich ins Nachtleben zu stürzen.

»Mark, woher stammst du, was hast du vor diesem Job hier gemacht?«

»Ich war in T'ronto auf der Post beschäftigt (Toronto, Kanada), ziemlich langweilige Arbeit. Tauchen war schon immer mein Hobby, das habe ich nun zum Beruf gemacht!«

Wir nehmen beide einen kräftigen Schluck aus unseren Bierflaschen, Marke Piton, die beiden Bergkegel sind auf dem Etikett abgebildet.

Sie sind Reste alter Vulkane, diese zwei Pitons, die jetzt schon in voller Größe in Sicht kommen. Davor liegt der Ort Soufrière mit einer kleinen Pier, an der wir nun anlegen. Die etwa 20 Passagiere werden auf drei Kleinbusse verteilt. Das Ziel ist der Soufrière-Vulkan, der einzigartig ist, da man in ihn hineinfahren kann.

Nach kurzer Fahrt bergauf beginnt es schon stark nach faulen Eiern zu riechen. Wir haben unser Ziel erreicht. Auf einem markierten Weg gehen wir vorsichtig an den dampfenden und brodelnden Schwefeltümpeln vorbei. Es empfielt sich nicht, querfeldein zu laufen, weil man in den heißen Schlammlöchern versinken und gebacken werden könnte.

Uns fallen einige senkrecht in den Boden getriebene Stahlrohre von über einem Meter Durchmesser auf. Der einheimische schwarze Führer erklärt, das seien Überdruckventile, die ein plötzliches Explodieren des Vulkans wie zum Beispiel beim Mount St. Helen verhindern sollen. Er dreht sich zur Seite, und ich meine, ein unterdrücktes Grinsen in seinem Gesicht erkennen zu können. Ich könnte mir schon eher vorstellen, dass diese Rohre Reste alter gescheiterter Versuche sind, die Erdwärme in nutzbare Energie zu verwandeln. Der letzte Ausbruch des Vulkans liegt 40.000 Jahre zurück.

Danach gelangen wir durch die nahe gelegenen antiken Badeanlagen in einen botanischen Garten. Es ist relativ unbekannt, dass die karibische Vegetation aus vielen Immigranten besteht: Der fächerartige Traveller's Tree aus Madagaskar – Tamarinde, Woman's Tounge, Mango und Kochbananen aus Indien – Zuckerrohr, Essbananen und Bambus aus Südostasien – Frangipani aus Brasilien. Auch die Kokospalme gab es hier noch nicht, als Kolumbus ankam; sie wurde auch erst danach aus dem Indopazifik hergebracht. Und später, nach der Meuterei auf der Bounty, schaffte es der hartnäckige Captain Bligh doch noch, den Brotfruchtbaum von Tahiti in die Karibik zu verpflanzen.

Jetzt sind wir hungrig genug für ein karibisches Buffet in einem kleinen örtlichen Restaurant. Vor der Abfahrt wandern wir noch durch Soufrière und genießen den Ausblick auf die Pitons. Die schwarze Bevölkerung ist arm, aber niemand hungert, weil dort viele tropische Früchte wachsen und es gute Fischgründe gibt.

Wir steigen wieder auf unser Touristenboot. Mit Tanz auf dem Oberdeck bei dröhnendem Calypso geht es wieder zurück zur Seawind Crown. Andere lohnende Ziele für eine Inseltour in St. Lucia sind die Wasserfälle im Inneren der Insel, Pidgeon Island mit einer alten Festung am Nordende der Insel und die Rodney Bay Marina.

17. Tauchgänge

Verglichen mit den kalten und trüben Gewässern in Deutschland ist die Karibik auch ein Paradies fürs Schnorcheln und Tauchen. Schon vor Beginn meiner Segeltour hatte ich bereits in Berlin einen Kurs für Tauchmedizin mitgemacht. Zum Sportprogramm an Bord gehören zwei Tauchlehrer, bei denen ich den theoretischen Teil des Padi-Grundkurses ablegen konnte. Den praktischen Teil absolvierte ich in einer Tauchschule an der Calesly Bay auf Barbados.

Segeln und Tauchen passen sehr gut zusammen, denn manchmal verfängt sich der Anker am Grund in einer Weise, dass er nur durch Tauchen geborgen werden kann und sonst aufgegeben werden müsste. Am Ankerplatz fallen manchmal Sachen, zum Beispiel Werkzeuge, über Bord, die ebenfalls für immer verloren wären. Außerdem ist es mit der Taucherausrüstung leichter als schnorchelnderweise, größere Segelyachten von maritimem Bewuchs zu reinigen.

Zweimal erweist es sich an Bord der Seawind Crown als nützlich, dass ich meine gefüllten Tauchflaschen dabeihabe.

Der Chefingenieur erklärt mir: »Normalerweise machen unsere beiden Propellerwellen an der Stopfbuchse immer ein paar Liter Wasser pro Minute, aber die linke ist jetzt fast trocken! Könnten Sie von außen mal nachschauen, ob sich irgendwas an der Propellerwelle verfangen hat?«

Er fragt ausgerechnet mich, weil die Tauchlehrer, wenn das Schiff im Hafen liegt, meistens mit den Passagieren unterwegs sind.

»Kein Problem!«

In voller Ausrüstung springe ich von der Hafenmauer ins Wasser. Der Durchmesser der Propeller beträgt etwa vier Meter. Sie bewegen sich sogar im Hafen noch ganz langsam, weil immer noch etwas Dampf in der Turbine ist. Ich hoffe nur, dass jetzt keiner aus Versehen auf »Volle Fahrt voraus« schaltet …

Tatsächlich! Um die linke Propellerwelle gewickelt, schwebt der Rest einer weißen Leine im Wasser! An der Propellernabe befindet sich ein Inspektionsloch. Ich greife hinein und ertaste die Reste eines Fischernetzes. Teilweise ziehend, teilweise mit dem Küchenmesser schneidend, das ich in weiser Voraussicht mitgenommen habe, gelingt es mir nach und nach, alles aus dem Spalt um die Propellerwelle herauszuziehen. Sie wundern sich jetzt über das Küchenmesser, aber um Reste von Nylon-, Perlon- oder Polyesterleinen zu entfernen, ist ein Küchenmesser mit Wellenschliff immer noch das Beste.

Ein anderes Mal werde ich um Hilfe gebeten, als unser Schiff im dreckigen Hafenwasser von La Guira, nahe Caracas, liegt. Der Captain befürchtet, dass eine Landleine in das Bugstrahlruder geraten sein könnte. Ich suche eine Stelle, wo der Ölfilm nicht so dick ist, und springe in voller Montur ins Wasser. Die beiden Kanäle, in denen die Propeller des Bugstrahlruders sitzen, sind jedoch frei.

Jetzt aber schnell raus aus dieser Brühe! Eine Leiter oder Treppe in der Kaimauer gibt es nicht. Die Mannschaft holt eine Strickleiter für mich. Meine schwere Ausrüstung wird mit einem Tau an Bord gehievt. Über das UKW-Handfunkgerät des Sicherheitsoffiziers, der die ganze Sache beaufsichtigt hat, melde ich dem Captain, dass das Bugstrahlruder klar ist. Eine halbe Stunde stehe ich danach unter der Dusche, um die Ölreste zu entfernen.

Mit dem Tauchen zusammenhängende Probleme sehe ich manchmal im Schiffshospital, meistens Barotraumen des Mittelohres oder der Nasennebenhöhlen. Fast immer hätten die Betroffenen es besser wissen müssen, als mit einem Schnupfen tauchen zu gehen. Die Eingänge der betreffenden Nebenhöhlen sind dann durch Schleimhautschwellung verschlossen, was den Druckausgleich verhindert. Ich frage jedes Mal, wo, wie lange und wie tief getaucht wurde und wann genau das Problem aufgetreten ist.

Da kommt Mike, der Entertainer und Humorist, in Grenada von einem Tauchgang mit Nasenbluten zurück.

»Wie ist es denn passiert?«

»Im Swimmingpool!«

»Du willst mich wohl auf den Arm nehmen! Nun mal ehrlich!?«

»Im Swimmingpool eines Kreuzfahrtschiffes!«

»Wir sind doch heute das einzige hier im Hafen, und der Wasserdruck in unserem Pool reicht nicht, um ein Barotrauma zu verursachen!«

»Ich war im Swimmingpool der Bianca C in 40 Meter Tiefe!«

»Das ist natürlich etwas anderes!«

An der Südspitze von Grenada liegt das Wrack der Bianca C, in Taucherkreisen als die Titanic der Karibik bekannt. Am frühen Morgen des 22. Oktober 1961 lag dieses unglückliche Schiff – im Übrigen in Größe und Technik (auch ein Turbinendampfschiff) der Seawind Crown sehr ähnlich – vor dem Hafen von St. George's vor Anker. Plötzlich gab es eine gewaltige Explosion, die Schockwelle reichte bis in die Hauptstadt hinein und weckte alle Einwohner unsanft auf. Das hatte den Vorteil, dass sie frühzeitig aufbrachen und mit 30 Booten dem brennenden Schiff zu Hilfe eilten. Die 750 Passagiere wurden sofort evakuiert.

Ein Boiler war explodiert, und jetzt wurde das Feuer von den Ölvorräten gespeist und unterhalten. Durch die Explosion im Maschinenraum starb ein Mann der Mannschaft und später zwei weitere Mannschaftsmitglieder durch Verbrennungen.

Nach zwei Tagen brannte das Schiff immer noch. Um zu vermeiden, dass sie die Hafeneinfahrt blockierte, wurde die Bianca C von einer britischen Fregatte zu ihrem letzten Liegeplatz geschleppt, wo sie jetzt als Attraktion für Taucher wie Mike zu bewundern ist.

Mike war natürlich mit einem Schnupfen getaucht. Der extreme relative Unterdruck in einer verschlossenen Nasennebenhöhle hatte eine Blutung in dieselbe verursacht, die sich dann für eine Weile als Nasenbluten fortsetzte. Behandlung: Abschwellende Mittel und vorbeugender Infektionsschutz.

In einem anderen Fall kommt ein amerikanischer Taucher zu mir, weil er am Vortag einige Stunden nach einem Tauchgang Symptome im rechten Arm entwickelt hatte.

»Kann das Dekompressionskrankheit sein?«, fragt er.

»Was haben Sie denn danach gemacht?«

»Nach dem Lunch sind wir zu einem Rundflug gestartet, um St. Lucia aus der Luft zu sehen, die Pitons, den Vulkan, den Regenwald auf den Bergen, die malerischen Strände …«

»Ja, durchaus, Jucken, Rötung und Schwellung sind als Symptome dafür bekannt!«

Nach einer neurologischen Untersuchung, die nichts Auffälliges erbringt, sage ich ihm: »Da haben Sie noch einmal Glück gehabt! Auch nach einem normalen Tauchgang, wie Sie ihn beschreiben, dürfen Sie nicht gleich losfliegen! Die Empfehlung ist, mindestens vier Stunden zu warten. Ihre leichten Symptome sind schon verschwunden. Dekompression in einer Kammer ist nicht nötig in Ihrem Falle.«

Ein paar Tage später besichtige ich die Dekompressionskammer in Barbados. Sie entspricht internationalem Standard. Einer der betreuenden Ärzte erzählt mir, dass sie auch genügend kompetentes Personal haben, die Kammer zu bedienen. Das ist häufig ein Problem, da die Dekompressionszeiten manchmal Tage dauern können.

»Die Hälfte der Patienten, die wir hier behandeln, sind Sporttaucher, die andere Hälfte Fischer, die auf der Suche nach Muscheln und Meeresschnecken zu lange unten geblieben sind. In Martinique steht die nächste Kammer, aber die Leute sind manchmal sehr formal mit den Papieren. Wenn Sie zu uns kommen wollen, fliegen Sie sofort los in geringer Höhe, das mit den Pässen kann später erledigt werden.«

18. Intermezzo Brasilien

Die Gesellschaft hat neue Ideen: Die Seawind Crown – wie sie jetzt ausschließlich heißt – soll nach Brasilien verlegt werden und zwischen dem Archipel Fernando de Noronha und Santos bei São Paulo verkehren. Dazwischen liegen Rio de Janeiro, Victoria, Porto Seguro, Salvador, Recife und Natal.

Vorher geht das Schiff längsseits der Pier in das Trockendockareal von Curaçao, bleibt aber im Wasser (wet dock). Es werden Wartungs- und Verschönerungsarbeiten durchgeführt.

Brasilien ist eines der wenigen Länder, das den Nachweis einer Gelbfieberimpfung verlangt, wenn man mit dem Schiff ankommt. Dank der hervorragenden Zusammenarbeit mit dem Gesundheitsamt in Curaçao gelingt es uns, die 350 Leute der gesamten Crew innerhalb von drei Tagen zu impfen. Wenn man mit dem Flugzeug einreist, ist die Impfung nicht erforderlich, aber wehe dem Captain, der das gelbe Papier nicht für alle Mannschaftsmitglieder vorlegen kann. Die Brasilianer machen sich einen Spaß daraus, 400 US-Dollar für jede Person ohne das Papier zu verlangen.

In Brasilien angekommen, trifft das Schiff auf mehrere Faktoren, die nachteilig für das Kreuzfahrtgeschäft sind: Die Behörden erheben Zoll auf alle Waren, die auf dem Schiff verkauft werden, auch wenn es sich gerade außerhalb des Zollhoheitsgebietes auf hoher See befindet. Überhaupt ist die Bürokratie in den Häfen viel umständlicher als in der Karibik. Die Versorgungslage ist schlechter als dort, wo man an Kreuzfahrtschiffe gewöhnt ist. Zum Beispiel kann ich in keinem Hafen unsere Sauerstoffflaschen für das Schiffshospital auffüllen lassen, weil die Leute in den Füllstationen zu phlegmatisch sind, den richtigen Adapter aufzuschrauben. Glücklicherweise habe ich einen großen Vorrat, der für diese wenigen Wochen reicht.

Im Gegensatz zu den karibischen Inseln, wenn die Seawind Crown immer in den einzelnen Zielhäfen an der Pier lag, ankern wir jetzt häufig vor den Häfen. Oft ist es dann nicht möglich, die Passagiere auszubooten, da zu hoher Schwell geht: zu hohe Wellen, die im Sturm anderswo entstanden, die aber Tausende von Meilen über die Meere wandern. Besonders häufig ist das der Fall in Porto Seguro. Der Name bedeutet zwar »sicherer Hafen«, aber ironischerweise ist die Seawind Crown zu groß, um dort anzulegen.

Der Hauptgrund für die bevorstehende Beendigung des Unternehmens in Brasilien ist jedoch die zu der Zeit herrschende Inflation. Dadurch werden die Kreuzfahrten für die Brasilianer zu teuer, und die Buchungen bleiben bedauerlicherweise aus.

Aber noch sind wir unterwegs. Die Wirksamkeit der Handys in Küstennähe sorgt für eine lustige Abwechslung. Ein Passagier entdeckt Wasser von einem kleinen Rohrbruch in seiner Kabine. Die Klempner haben keine Mühe, den Schaden schnell zu beheben. Während eines Telefonats mit seinen Angehörigen an Land spricht der Passagier von einem Wassereinbruch.

Als wir wenig später genau nach Fahrplan in den Hafen einlaufen, steht eine Anzahl Journalisten aller Sparten, einschließlich Fernsehen, auf der Pier in Erwartung eines sinkenden Schiffes. Sie sind ganz enttäuscht, dass an Bord alles in Ordnung ist …

Mit einigen wenigen Passagieren machen wir einen Abstecher nach Montevideo, der Hauptstadt von Uruguay, wo noch immer der Anker des Panzerkreuzers Admiral Graf Spee am Hafen zu sehen ist. Danach geht es weiter mit unserem Schiff über das braune Wasser des Rio de la Plata hinauf nach Buenos Aires, der Hauptstadt von Argentinien. Mit Captain Hansen nehme ich an einer Stadtrundfahrt teil. Danach kehren wir in einem typisch argentinischen Steakhouse ein, vom Hafenagenten dazu eingeladen.

Abends besuche ich noch mit einigen anderen Mannschaftsmitgliedern eine Tangohalle. Neben der bekannten Melancholie, die der Tanz vermitteln soll, kann man ihn aber auch als vertikalen Ausdruck für ein horizontales Verlangen interpretieren.

Wir sind jetzt im Südwinter. Es ist recht kalt in Argentinien. Wegen der kurzfristigen Entscheidung der Gesellschaft, die Kreuzfahrtroute vor die südamerikanische Atlantikküste zu verlegen, hat sich niemand von der Crew warme Kleidung besorgen können. So laufen jetzt viele in der Crew-Area des Schiffes, wo keine Passagiere sind, mit alten Wolldecken herum. Sie sehen damit aus wie Gestalten aus der Bibel.

Natürlich gibt es auch eine Heizungsanlage, aber die war zum letzten Mal vor 20 Jahren in Betrieb, als das Schiff einmal in Spitzbergen war. Danach ist es immer nur im Mittelmeer oder in den Tropen gewesen.

Die Gesellschaft entscheidet nun, das Schiff auf die Pazifikseite von Mexiko zu verlegen und es zwischen Acapulco und Cabo San Lucas fahren zu lassen. Doch in der Zwischenzeit soll die »alte Dame« zuerst im Trockendock in Curaçao ein neues Make-up bekommen. Wir sind ohne Passagiere auf dem Rückweg in die Karibik.

Die Decks und Säle des alten Luxusliners sind leer und verlassen, mit Pappe und Plastikfolie ausgelegt, als Vorbereitung für die kommenden Verschönerungsarbeiten. Kein Samba mehr, kein Carneval Brasil! Die rassigen Showgirls in den knappen Bikinis sind in Rio, São Paulo oder Salvador geblieben.

Langeweile könnte aufkommen. Das Wasser wird auch schon trübe auf der Höhe der Amazonasmündung. Doch halt – wir kreuzen ja wieder den Äquator – da müssen wir eine zünftige Taufe für die Neulinge veranstalten!

Der Cruisedirector, dessen Job es sonst ist, die Passagiere in Schwung zu halten, spielt den Neptun. Meeresgöttin Thetis verschönert normalerweise die Kunden im Beautysalon. Sie ist selbst eine Beauty. Anstelle des Dreizacks dirigiert Neptun seine Helfer, die Piraten, mit dem Mikrofon.

Nachdem der Captain den symbolischen Schlüssel des Schiffes an den »Aufrührer der Wellen« übergeben hat, kann das Spektakel beginnen. Die zusammengeketteten Täuflinge werden an den Majestäten vorbeidefiliert und müssen die mit Senf eingeschmierten Füße der Göttin Thetis küssen. Dann geht es weiter zur Meermaid – Esther aus Venezuela, Fotoshop –, die wie ein gestrandeter Delfin schon seit einer halben Stunde am Swimmingpool in der Äquatorsonne brät. Der Schuppenschwanz ist doch sehr hinderlich für die Fortbewegung an Deck.

Das erste Opfer wird losgekettet und vom Doktor »untersucht«; der Reflexhammer kommt gerade aus dem Maschinenraum. Der neue Funker, Communicationofficer, wird jetzt mit alten Speiseresten der Woche paniert – disgusting! Die starken Arme der Piraten ergreifen ihn erneut, um ihn auf eine parabolische Flugbahn in den Pool zu schicken. Worauf warten die noch? In seinem drolligen Akzent versucht er in dem allgemeinen Tumult und Lärm zu erklären, dass er – nicht schwimmen kann!!

»Macht nichts, werft ihn schon rein!«, dröhnt Neptun.

»An dieser Stelle im Pool kannst du stehen!«, versichert ihm Harry aus Jamaika, unsere schwarze Version von John Silver (Stevenson: Die Schatzinsel).

Eins – zwei – drei – im hohen Bogen segelt Sparky in den Pool, der in Wirklichkeit zwei Meter tief ist. Als die Spritzwasserfontäne sich gelegt hat, sieht man ihn nach Art eines Hundes auf den Rettungsring zupaddeln. Geschafft!

Die übrigen Taufen gehen glatt über die Bühne, ja, es stellt sich langsam eine zunehmende Routine ein. Wegen der Vorbehandlung der Opfer mit den Resten der Woche wird die Brühe im Pool immer dicker. Neben mir fragt der Bootsmann, ob man das im Überlebensfalle wohl essen könne. Im Geiste hört er wahrscheinlich die alten Salzbuckel grölen: »Wir lagen vor Madagaskar …«

Plötzlich brandet eine Welle von Unruhe durch die Zuschauer. Der neue Staffcaptain – Mr Discipline, wie ich meinen Freund nenne – wird von der Crew gejagt und schließlich an der Ecke des Pools gestellt, wo das »special treatment«, die spezielle Behandlung, mit alten

Speiseresten stattgefunden hat. Jetzt wird mir klar, was die Jungens im Schilde führen. In letzter Zeit wurden Züge eines Captain Bligh in unserem lieben Staffcaptain sichtbar. Die Crew will diese Gelegenheit natürlich nicht versäumen, ihn in voller Uniform in den Pool zu werfen.

Tom ist ein Bär von einem Mann. Auf trockenem Deck hätte er das Handgemenge sicher für sich entschieden, schließlich hat er damals entscheidend mitgeholfen, seine Heimatstadt vor dem Ansturm der Horden Miloševićs zu retten. Doch hier auf den faulen Eiern hat er keine Chance, schließlich schlittert die ganze verschlungene Laokoongruppe in den Pool.

Nach diesem heimtückischen Anschlag auf seine Autorität spricht er dann bis zur Mündung des Orinoko mit niemanden mehr. Ich muss mir schon etwas einfallen lassen, um ihn aus dieser autistischen Starre zu erlösen.

»Tom, moderne Menschenführung im Frieden bedeutet nicht, Befehle zu bellen und Kadavergehorsam zu erwarten. Das beste Konzept ist: Du musst die Crew wie ein erfolgreicher Trainer behandeln! Übrigens, du hast sicher schon in der Sportschau gesehen, wie siegreiche Crews ihren Coach oder Skipper auch mal ins Wasser werfen!«

Der Vergleich gefällt ihm, er wird wieder umgänglich: »Okay, nach dem Trockendock feiern wir wieder eine tolle Party am Pool!«

19. Trockendock in Curaçao und Fahrt nach Mexiko

Etwa alle drei Jahre muss die Seawind Crown ins Trockendock. Für mich ist es eine neue Erfahrung. Die älteren Crewmitglieder haben mich schon vorgewarnt: »Die Klimaanlage wird ausgeschaltet!«

Tatsächlich! Das Schiff wird zu einem heißen Ofen. Der Schweiß läuft in Strömen. Man möchte fast jede Stunde einmal duschen, aber Wasser gibt es nur des Abends für kurze Zeit. Man würde gern in den Swimmingpool springen, doch das gäbe ein hartes Erwachen – das Wasser ist abgelassen.

Auch der Strom ist häufig abgeschaltet. Teile des Schiffes bleiben unbeleuchtet. Dort bricht sich Rita, meine Krankenschwester »von der Titanic«, den Außenknöchel, als sie im Dunkeln die Treppe herunterfällt.

Im Schiffshospital ist nicht viel Betrieb. Aber die Möglichkeit für schreckliche Unfälle ist durchaus gegeben. Das Schlimmste, was passiert: Carpenter (Zimmermann) Pedro aus Honduras schneidet sich mit der Flex in den Oberschenkel, glücklicherweise nur zwei Zentimeter tief, leicht zu nähen.

Auf See müssen alle Bullaugen als ständige Regel geschlossen bleiben, weil eine über Bord geworfene Zigarettenkippe dann durchaus in einer Kabine auf dem Bett oder auf anderen brennbaren Materialien landen kann. Aber hier, ohne eingeschaltete Klimaanlage, wäre es unmöglich, sie geschlossen zu halten. Da das Schiff mit dem Bug in der vorherrschenden Windrichtung steht, stecken alle Crewmitglieder große Pappkartons in die Bullaugen, um den vorbeistreifenden Passatwind in ihre Kabinen zu lenken. So mache ich es auch im Hospital.

Gerade habe ich mir eine Tasse Kaffee von der Kaffeemaschine, ein Deck höher, geholt, da sehe ich drei Zimmerleute im Hospital, die beginnen, die Decke in der Schiffsapotheke und in meinem Sprechzimmer einzureißen.

»Sofort aufhören!! Wer hat das angeordnet?«

»Der neue Hotelmanager will im Deck über uns eine Geschirrspülmaschine installieren, und dies ist der leichteste Weg für die Leitungen dafür!«

»Und was sagt der Chiefengineer dazu?«

Achselzucken. Energisch fordere ich sie auf, mit mir zum Büro des Chefingenieurs zu gehen.

»Chief, die drei Leute hier wollen das Hospital in eine Baustelle verwandeln, was geht hier vor?«

»Davon weiß ich nichts!«

Also, man hat ihn nicht informiert, konsultiert und um Erlaubnis gefragt, wie es normalerweise notwendig ist. Der Chief holt die entsprechenden Pläne des Schiffes heraus und findet einen anderen Weg. Das ist noch einmal gut gegangen!

Ein anderes technisches Problem wird in diesen Tagen gelöst, das die UKW-Funkgeräte betrifft. Die 5-Watt-Handfunkgeräte funktionieren nicht zuverlässig in allen Teilen des Schiffes wegen der Stahlwände, so auch nicht im Schiffshospital. Eine Lösung wäre es, ein paar Verstärker an den richtigen Stellen einzubauen, doch das ist der Gesellschaft zu teuer.

In einem Schrank im Funkraum hatten wir schon vor einiger Zeit ein stationäres 25-Watt-Gerät gefunden. Als ich es im Hospital einbauen lassen wollte, lehnte es der vorige Captain, Johann Pingels, aus unerfindlichen Gründen ab. Dabei sind die Vorteile ganz offensichtlich. Im Falle eines kritisch kranken Patienten, der evakuiert werden muss, könnte ich mit den Stellen außerhalb des Schiffes, zum Beispiel mit dem zuständigen Agenten, sprechen, ohne den Patienten aus den Augen zu lassen. Sonst müsste ich durch das ganze Schiff bis vorne zur Brücke laufen, vielleicht sogar mehrere Male.

Ein weiterer Vorteil ist, dass ich mit dem stationären Gerät während der Übungen oder auch im Ernstfall schneller hören könnte, was vor sich geht. Für Captain Hansen ist das sofort klar. Das Gerät wird jetzt eingebaut. Zwei Antennen sind sogar schon in der Nähe, eine für drinnen, eine für draußen. Andere Geräte gibt es noch an der Rezeption und im Büro des Chefingenieurs. Vielleicht wollte mir Captain Pingels mit seiner Ablehnung indirekt die Botschaft zukommen lassen, ich solle mich nicht so wichtig nehmen. Das finde ich besonders traurig, da das geeignete Funkgerät ja nicht für mich persönlich, sondern für die bessere Patientenversorgung bestimmt ist.

Jetzt bekommt das Schiff auch einen neuen Bug, der alte war ja nur provisorisch repariert worden, nachdem Captain Nick die Pier in St. Lucia »zum Abbremsen« benutzt hatte.

Zwischendurch haben wir Gelegenheit, Curaçao etwas näher kennenzulernen. Sie ist mit 165.000 Einwohnern die größte und bevölkerungsreichste Insel der Niederländischen Antillen als autonomer Teil des holländischen Königreiches. Auch Bonaire, St. Maarten, Saba und St. Eustachius gehören dazu. Aruba wollte nicht von Curaçao aus regiert werden – wie schon erwähnt – und hat seit 1986 den sogenannten Status aparte.

Curaçao ist lang gestreckt wie Sylt, aber sonst völlig anders. Industrie und Handel konzentrieren sich um eine weit landeinwärts reichende Bucht, das Schottegatt. Hier liegt auch unser Trockendock, wo wir nun schon seit fast drei Wochen ohne Kühlung in der Sonne schmoren.

Den Eingang zu dieser Bucht überspannt eine etwa 50 Meter hohe Autobrücke, die beide Teile der Hauptstadt Willemstad verbindet. Davor liegt die berühmte Pontonbrücke, 168 Meter lang und wohl eine der längsten beweglichen Brücken der Welt. Bis etwa 30-mal am Tag wird sie von einem Motor zur Seite gezogen, damit die Schiffe durchfahren können. Bei sehr schlechtem Wetter, zum Beispiel Schwell, wird sie einfach ausgehängt und in den hinteren Teil der Bucht geschleppt.

Willemstad mit seinen vielen farbenfrohen Gebäuden in holländischem Stil hat ein besonderes Flair. Man fühlt sich fast wie in Amsterdam. Aber hier ist es viel wärmer und heller, sodass die Farben noch mehr leuchten. Schon im Jahr 1817 soll der damals regierende Generalgouverneur angeblich befohlen haben, alle Häuser bunt anzustreichen, weil ihn das strahlende Weiß der Fassaden blendete und er deshalb dauernd Kopfschmerzen bekam. Später stellte sich dann heraus, dass er Mitbesitzer der Farbenfabrik war.

Natürlich haben wir auch den weltbekannten blauen Likör an Ort und Stelle probiert, der in der »Curaçao-Distillerij« am Chobolobo-Landhaus aus den Schalen der Bitterpomeranze hergestellt wird.

Eine besondere Attraktion ist das »Curaçao Public Seaquarium«. Hier kann man fast alle Lebewesen, die im Karibischen Meer vorkommen, aus der Nähe besichtigen. Sogar Haie können von Touristen in Taucherausrüstung gefüttert werden – durch ein zehn Zentimeter großes Loch in der Plastiktrennwand.

Die Insel hat größtenteils felsige Ufer mit einigen Sandbuchten. Das ist gut für Taucher und Schnorchler, da man auf reinem Sandgrund wenig Interessantes zu Gesicht bekommt. Auf dem Grund der Caracas Bay sind mehrere Wracks zu besichtigen.

Nach drei Wochen können wir endlich mit einem Dinner auf dem Achterdeck unterm Sternenhimmel das Ende der Trockendockzeit feiern. Auch die Ingenieure der Dockgesellschaft sind eingeladen. Einer von ihnen kennt die Seawind Crown noch von einer Kreuzfahrt in der Karibik als Passagier. Es stellt sich heraus, dass er damals mit einem Gichtanfall von mir im Schiffshospital behandelt wurde. Wir trinken auf das Wiedersehen! In der anschließenden Diskussion über technische Probleme des Schiffes erzählt er mir, dass der Rumpf mit deutschem Stahl gebaut wurde und dass er deshalb trotz seines Alters noch in einem sehr guten Zustand ist.

Das Trockendock wird mit Wasser gefüllt. Innerhalb einer halben Stunde schwimmt die Seawind Crown. Alle sind froh, wieder auf See zu sein mit Klimaanlage, Wasser, Elektrizität und normaler Routine. Das heißt, die Passagiere sollen erst in Mexiko an Bord kommen.

Zuerst geht es zum Panamakanal, den wir nach drei Tagen erreichen. Das Besondere an diesem Kanal ist, dass die Schiffe mit Lokomotiven in und durch die Schleusenkammern gezogen werden. So ist es besser möglich, sie zu stoppen und zu vermeiden, dass sie die Schleusentore beschädigen oder sogar einreißen, was hier wegen der größeren Höhenunterschiede katastrophale Folgen hätte. Der Panamakanal wäre dann wochen- oder gar monatelang blockiert.

Ganz anders ist es am Nord-Ostsee-Kanal. Dort kommt es schon mal vor, dass ein Schiff erst durch den Aufprall auf das Schleusentor abgebremst wird, allerdings ohne den Kanal zu blockieren, da es an jeder Seite vier parallele Schleusenkammern gibt. Da der Höhenunterschied im Wasserspiegel zwischen der Nordsee und der Ostsee unter normalen Verhältnissen kaum mehr als ein bis zwei Meter beträgt, könnten die Kammern nie völlig auslaufen. Wollte man hier die Schiffe mit Lokomotiven manövrieren, würden die Schleusenkammern einstürzen, da der Untergrund der Marsch zu weich ist. Im Panamakanal dagegen handelt es sich um harten Fels. Der Suezkanal hat bekanntlich keine Schleusen.

Wegen des imposanten Ausblicks auf den Dschungel, die Berge, den Gatun-See und die technischen Bauwerke ist der Panamakanal an sich schon eine Touristenattraktion. Manche Kreuzfahrtschiffe fahren nur bis zur Mitte, wenden im Gatun-See und fahren dann an derselben Seite wieder hinaus.

In Puerto Vallarta, Mexiko, gehen wir vor Anker und warten. Auf dem Plan sind Kreuzfahrten zwischen Acapulco und Cabo San Lucas vorgesehen, aber die sollen erst in zwei Wochen beginnen. Ich sage zum Captain: »Hoffentlich kann die Gesellschaft es sich leisten, das Schiff wochenlang ohne Passagiere fahren zu lassen, dazu die Reparaturzeiten in den Docks und das Brasilienfiasko. Die wirtschaften munter drauflos, als wenn sie das Wort Bankrott noch nie gehört hätten!«

An die wochenlangen Verzögerungen, nachdem ich wichtige Medikamente bei der Gesellschaft in Miami bestellt habe, bin ich schon gewöhnt, dann muss ich die fehlenden Sachen eben in den Apotheken der Hafenstädte besorgen! Da kommt ein Fax von einer Krankenschwester aus der Bürokratie der Gesellschaft, dass Medikamentenkauf in den Häfen nicht mehr erlaubt sei, angeblich, weil die Medikamente in Mexiko nicht sicher wären.

Mein Halbjahresvertrag ist inzwischen abgelaufen. Ich könnte länger bleiben, aber auch jetzt in Urlaub fliegen. Zudem kommt Captain Johann Pingels wieder an Bord, der ein 25-Watt-UKW-Gerät für das Schiffshospital für überflüssig hält. Also ist die Zeit gekommen, um Adios zu sagen …

20. Auf der Rückreise nach Aruba

Wie vereinbart bekomme ich ein Flugticket nach Aruba.

»In Miami wird euch jemand von ISP (International Shipping Partners) vom Flughafen abholen und zur Übernachtung in ein Hotel bringen«, versichert uns der Zahlmeister und händigt uns die Flugkarten aus.

Bis Miami werde ich also in Gesellschaft von Jesus Henriquez fliegen.

Jesus als Vorname ist in manchen Ländern nichts Ungewöhnliches. Er hat als Kabinensteward auf dem Schiff gearbeitet und möchte nun wieder zu seiner Familie nach Honduras zurückkehren. Kurz vor unserem Abflug stehe ich vor dem richtigen Gate zu den Flügen und bewache unser Handgepäck, während Jesus noch in den vielen kleinen Geschäften der Flughalle herumstöbert, um Geschenke für seine zahlreichen Kinder zu besorgen.

Da wird über Lautsprecher unser Flug angesagt. Ich habe ihn noch in Sichtweite und rufe: »Jesus, komm zu mir!«

Zuerst auf Englisch, dann Spanisch, er hört nicht! Da fällt mir ein, dass ich ihn ja letzte Woche wegen einer Mittelohrentzündung behandelt habe. Also rufe ich noch einmal, diesmal viel lauter …

Inzwischen haben die Leute einen Kreis um mich herum gebildet und sehen mich erwartungsvoll an. Erst jetzt wird mir klar, dass sie mich für einen religiösen Eiferer oder gar für einen neuen Billy Graham halten müssen. Zuerst erschrecke ich etwas, aber dann denke ich: Egal, hier kennt mich ja keiner!

Der erste Zwischenstopp auf dem Flug nach Aruba ist Dallas. Beim Einschecken mit »Emigration« sagen sie, ich müsste ein Visum haben.

»Das kann nicht sein! Ich weiß doch genau, dass Präsident Clinton und Bundeskanzler Kohl seinerzeit vereinbart haben: Deutsche, die in die USA fliegen, brauchen kein Visum mehr!«, protestiere ich.

»Das stimmt nur teilweise. Sie haben kein Rückflugticket nach Europa!«

»Aber ich verlasse doch schon morgen wieder Ihr gastliches Land und fliege zu meiner Segelyacht nach Aruba!«

»Egal, Sie haben unsere Bestimmungen verletzt, wir müssen Sie arrestieren! Doch einen Ausweg gibt es noch: Wenn Sie jetzt 175 Dollar Strafe zahlen, können Sie weiterreisen!«

Schade! Jetzt müsste ich Zeit haben, dann würde ich die Botschaft der Bundesrepublik Deutschland einschalten und diesen Bürokraten hier etwas mehr Arbeit aufbrummen! Aber mein Flug nach Miami geht schon in 15 Minuten. Notgedrungen zahle ich widerwillig die 175 Dollar. Ich fühle mich, als wäre ich Wegelagerern oder Straßenräubern ausgeliefert. Deutsch-amerikanische Freundschaft ist ja ganz schön, aber die amerikanische Bürokratie ist doch unberechenbar.

Jesus und ich sind in Miami angekommen. Es ist nach Mitternacht. Wir schauen uns um, wo der Mann von ISP ist, der uns zum Hotel bringen soll. Niemand da! Ein leeres Versprechen! Wir sind wohl zu naiv, um zu glauben, dass die Gesellschaft am Ende unseres Vertrages sich noch irgendwie an eine Abmachung hält. Glücklicherweise kennt Jesus von früheren Aufenthalten her eine kleine Pension, wo wir die Nacht verbringen können.

Am nächsten Morgen führen wir mit der Wirtin am Frühstückstisch ein bemerkenswertes Gespräch.

»Ich habe häufig Crew-Mitglieder von den Kreuzfahrtschiffen hier. Mir scheint, je länger sie dort beschäftigt sind, desto weniger gefällt ihnen noch die Arbeit!«, stellt sie fest.

»Das mag wohl sein«, stimmt Jesus zu. »Zuerst ist alles neu und interessant, dann setzt die Routine ein. Die Wochen und Monate bis zum Ende des Vertrages erscheinen uns länger und länger.«

»Es gibt natürlich sehr unterschiedliche Arbeitsplätze an Bord«, erkläre ich, »bei uns sind die schlimmsten wohl im Maschinenraum. Unser Schiff war die TSS Seawind Crown, TSS bedeutet Turbine Steamship

(Turbinen-Dampfschiff). Bald wird es diese Schiffe nicht mehr geben. Die Temperatur dort im Maschinenraum ist über 50 Grad Celsius, der Lärmpegel recht hoch, die Unfallgefahr beträchtlich. Allerdings kann ich mir vorstellen, dass es mit Dieselmaschinen etwas besser ist.«

»Die Decksbesatzung arbeitet wenigstens an frischer Luft: Rost klopfen – besonders auf den älteren Schiffen –, Farbe malen, Deck waschen, sich um die Rettungsboote kümmern, Wache gehen. Unsere Brückenbesatzung war häufig recht müde wegen des engen Wachplanes«, stellt Jesus fest.

»Auch die Kellner fühlten sich im Stress wegen langer Arbeitszeiten mit zwei Sitzungen für Lunch und Dinner sowie das Midnight-Buffet. Letzteres ist vom medizinischen Standpunkt aus sehr ungesund«, füge ich hinzu, und Jesus meint: »Die Zahlmeister sind ebenso überlastet, besonders an den Tagen, wenn neue Passagiere kommen oder gehen. Zudem ist die Rezeption rund um die Uhr geöffnet. Alle möglichen Beschwerden der Passagiere sammeln sich dort an.«

»Bei uns im Schiffshospital hing der Stress-Level recht genau davon ab, wie viele Ihrer Landsleute an Bord waren«, sage ich der Wirtin. »Mit 20 Prozent ließ es sich noch gut leben, mit 50 Prozent wurde es richtig schwierig. Es gab mehr Unfälle, sie stolpern über jede Türschwelle. Dann der Papierkrieg, Unfallberichte über Lappalien wegen des Nationalsports, jemanden zu verklagen. Ich wundere mich, dass noch keiner Gott selbst verklagt hat!«

Gar nicht so abwegig – wenn Sie sich die folgenden Definitionen, was ein Unfall ist, zu Gemüte führen.

USA: Ein Akt Gottes, bei dem jemand zu Schaden kommt.

Deutschland: Ein plötzliches, unvorhergesehenes Ereignis, das von *außen* kommt. Alles, was von *innen* kommt, ist eine Krankheit.

Nehmen wir das folgende Beispiel: Ein Epileptiker geht am Swimmingpool entlang, hat einen Anfall, fällt ins Wasser und ertrinkt.

In Deutschland hieße es, er sei an den Folgen seiner Krankheit verstorben.

In den USA wäre es völlig offen, mit reichlich Gelegenheit für Rechtsanwälte, ihr Geld zu machen, mindestens 30 Prozent der eingeklagten Summe.

»Das beste Leben auf dem Schiff haben die Entertainer, die Unterhalter: Am Abend kurze Zeit auf der Bühne, morgens etwas üben, nachmittags zum Strand und bei jeder Gelegenheit eine Party feiern!«, wirft Jesus ein.

»Wie sind denn die Gehälter an Bord?«, möchte die Wirtin wissen.

»Nicht sehr hoch, aber dafür kann man fast alles sparen. Keine Ausgaben für Miete, Essen und so weiter. Während dieser Zeit ist man auch krankenversichert.«

»Die Beschäftigten aus den ärmeren Ländern, werden die nicht richtig ausgenutzt und ausgebeutet?«, fragt sie weiter.

»Sicher«, gibt Jesus zu. »Aber wenn wir mit den Dollars nach Hause kommen, sind wir kleine Könige. Nach mehreren Verträgen können wir uns mit etwas Glück selbstständig machen, ein Restaurant, eine Bar, eine Pension, ein Hotel oder eine Werkstatt eröffnen. Übrigens, das meiste, was ich verdiene, ist durch das Trinkgeld, das eigentliche Gehalt ist nur minimal! Bei uns ist jeder froh, wenn er einen Job hat, man darf die große Arbeitslosigkeit in unserem Land nicht vergessen!«

21. Neue Perspektiven

Amanda hat im Bucuti Yacht Club an Land die Zwischenzeit gut überstanden. Mit ihren acht Metern Rumpflänge ist sie jetzt doch zu klein für mich. Das neue Boot ist eine Suncoast 40, Baujahr 1984, aus Stahl und zwölf Meter lang. Zwei Boote erfordern schon viel Arbeit, besonders wenn man das alte für den Verkauf vorbereiten muss und das neue seinen Wünschen entsprechend ausrüsten will.

Außerdem habe ich ein Bewerbungsschreiben an den Gesundheitsminister Arubas (100.000 Einwohner) geschickt, vielleicht kann ich als Internist im Krankenhaus der Insel arbeiten. Ich hatte es schon einmal versucht, doch die damalige Gesundheitsministerin reagierte nicht. Zu ihren Mitarbeitern soll sie gesagt haben: »Ich will keinen Deutschen!« Um ihr Verhalten zu verstehen, muss man über 60 Jahre zurückblicken.

Im Zweiten Weltkrieg, am 16. Februar 1942, versenkten deutsche Unterseeboote einige Öltanker auf der Route zwischen dem Maracaibo-See in Venezuela und Aruba, wo damals die größte Ölraffinerie der westlichen Hemisphäre die Alliierten mit Treibstoff versorgte. Dabei starben nahezu 50 Seeleute, größtenteils von Aruba. Danach wäre es »U 156« fast gelungen, die Raffinerie in Brand zu schießen, hätte die Geschützbesatzung der 10,5-cm-Deckskanone nicht vergessen, die Kappe auf dem Rohr abzuschrauben, die das Einlaufen von Wasser beim Tauchen verhindert. So gab es einen gewaltigen Rohrkrepierer.

Der nachfolgende Gesundheitsminister ist nicht so nachtragend. Ich bekomme die Arbeitserlaubnis. (Später konnte ich ihn durch die Zusammenarbeit im Krankenhaus auch persönlich kennenlernen, ein hervorragender Anästhesist, der es sich auch während seiner Zeit als Minister nicht nehmen ließ, täglich einige Stunden im Krankenhaus zu arbeiten.)

Zwischendurch höre ich in den Nachrichten, dass die Gesellschaft bankrottgegangen ist und dass die Seawind Crown in Barcelona an der Kette liegt, mit Johann Pingels noch an Bord …

Wenn man Aruba, eine etwas flache, trockene Insel mit wunderbaren Sandstränden, auf einer Karte der Karibik oder Südamerikas sieht, könnte man vermuten, dass es hier viele tropische Krankheiten gibt. Abgesehen von gelegentlichem Denguefieber – wie eine schwere Grippe – herrschen jedoch mehr die typischen Zivilisationskrankheiten vor, wie Bluthochdruck, Diabetes, erhöhte Blutfette, meistens als Folge der weit verbreiteten Überernährung. Also viel Arbeit für einen Internisten! Dabei wird die Vorbeugung durch gesunde Lebensweise noch nicht ernst genug genommen wegen der permanenten Urlaubsstimmung auf der Ferieninsel und der karibischen Mentalität. Das Motto hier ist ja: »One Happy Island«.

Daneben bereite ich das neue Boot für weitere Reisen vor, um wieder hinter den Horizont zu schauen …

22. Information für Dialysepatienten

Wo können Dialysepatienten, die ja von der künstlichen Niere abhängig sind, Urlaub machen? Normalerweise nur in der Nähe einer Dialyseabteilung. Damit bleibt ihnen ein Großteil der Welt verschlossen.

Sie dürfen für den Rest ihres Lebens die Nähe eines Krankenhauses nicht verlassen, wenn Sie nicht einer der wenigen Glücklichen sind, die eine Spenderniere erhalten.

Aber es gibt jetzt schon seit ein paar Jahren »Dialysis at Sea«, einen Verein, der Dialyse an Bord von Kreuzfahrtschiffen organisiert. Als ich eine Abfrage von denen bekam, sagte ich sofort zu. Ich faxte ihnen, dass wir die bisherige Infektionsstation für fünf Dialyseplätze zur Verfügung stellen könnten. Sie brauchen keine besonderen Anschlüsse, nur eine Wasserleitung und ein solides Stromnetz, wie für eine Waschmaschine. Der Dialysetechniker traf ein paar Tage vorher ein und baute alle Maschinen auf. Er hatte auch genug Filter mitgebracht, um das, was der Staffcaptain zur Entkeimung ins Trinkwasser geschüttet hatte, wieder herauszufiltern. Schließlich kamen zehn Personen mit drei Krankenschwestern und einem Dialysearzt. Sie genossen die für sie seit Ausbruch der Krankheit unbekannte Freiheit der Urlaubsgestaltung, gingen auf verschiedene Inseltouren, und einer wagte sich sogar ins Wasser zum Schnorcheln. Wir hatten keine medizinischen Komplikationen. Auch auf einer der Inseln sah ich später eine Möglichkeit der Feriendialyse, die ich weiterempfehlen möchte:

Posada Klinik Aruba
L-G. Smith Blvd. 14
ARUBA, Dutch Caribbean
Fax (297) 5 829 478
Tel. (297) 5 835 664
5 836 723
5 820 840

Windgeschwindigkeit kann gemessen werden in:

Beaufort	m/sek	km/h	kn	Bezeichnung
0	0–0,2	1	1	Windstille
1	0,3–1,5	1–5	1–3	leiser Zug
2	1,6–3,3	6–11	4–6	leichte Brise
3	3,4–5,4	12–19	7–10	schwache Brise
4	5,5–7,9	20–28	11–15	mäßige Brise
5	8,0–10,7	29–38	16–21	frische Brise
6	10,8–13,8	39–49	22–27	starker Wind
7	13,9–17,1	50–61	28–33	steifer Wind
8	17,2–20,7	62–74	34–40	stürmischer Wind
9	20,8–24,4	75–88	41–47	Sturm
10	24,5–28,4	89–102	48–55	schwerer Sturm
11	28,5–32,6	103–117	56–63	orkanartiger Sturm
12	32,7–36,9	118–133	64–71	Orkan

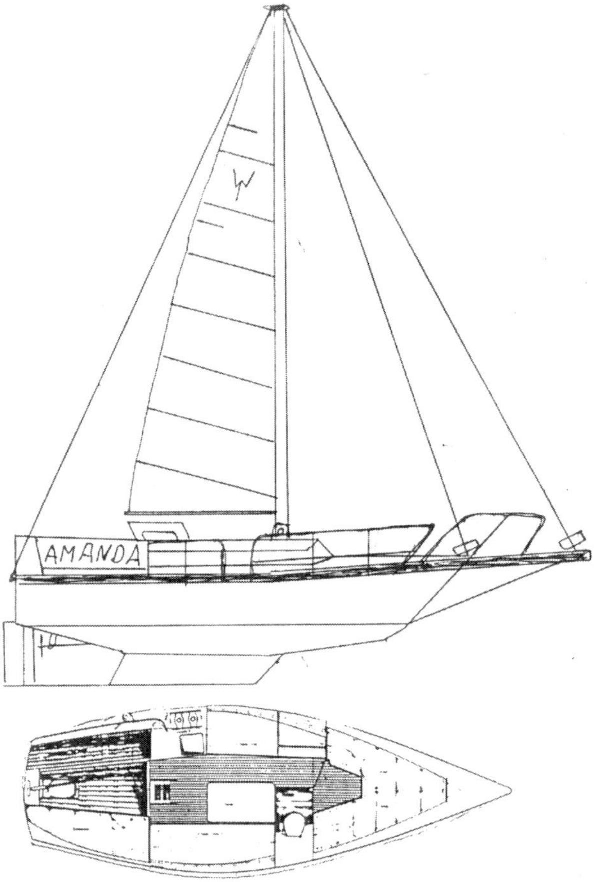

SY Amanda

Länge, Rumpf: .....8,35 m
Länge über alles: 10 m
Breite: ....2,78 m
Tiefgang: ....1,10 m
Gewicht: ....8 t
Segelfläche: ....50 qm
Motor: ....BUKH Diesel 20 PS